KB142264

봄날의 꽃밭을 가꾸듯
정성 어린 마음을 담아 보냅니다.

__________________ 님께

__________________ 드림

이 낯선 마음이 사랑일까

이근대 글
쥬커맨 사진

마음서재

프롤로그

아무 일 없는 듯
오늘을 살아내는 당신에게

산다는 것,
사랑한다는 것은
결코 쉬운 일이 아닙니다.

살다 보면
좋지 않은 일보다 좋은 일이 많고
슬픈 일보다 기쁜 일이 더 많지만
누구나 버겁고 힘든 일 앞에서 크게 꺾이곤 합니다.
그럴 때마다 '시간을 되돌릴 수 있다면…'
'다시 한 번 더 기회가 주어진다면…'
안타까움에 주저앉아 눈물을 흘리곤 합니다.

하지만 그것은
당신의 꿈, 당신의 사랑이 절실하기 때문입니다.
당신이 잘못했거나 잘못 살아온 건 절대 아닙니다.

우리는 더 예쁜 사랑을 하고
더 나은 인생을 살아가기 위해
끝없이 마음의 창을 닦습니다.

게으름을 피우느라 창문을 닦지 않으면
예쁜 하늘이 얼룩져 보이듯
우리의 마음도 하루라도 닦지 않으면
좋은 삶을 살아갈 수 없고,
아름답게 사랑할 수도 없습니다.

삶에서 가장 중요한 것은 행복입니다.
퍽퍽한 이 세상은 행복조차 쉬이 잊게 만들지만
누구보다 인생을 즐기며 살아가는 사람도 많습니다.
남들보다 조금 부족하고 남들보다 조금 늦어도
웃으며 사랑하며 살아가는 사람이 많습니다.

힘들어하지 마세요.
당신은 지금까지 잘 살아왔고
열심히 살아가고 있잖아요.
뜨겁게 사랑하고
열정적으로 꿈을 향해 달리고 있으니
앞으로도 좋은 일이 많이 생길 겁니다.

지금 이 순간을 즐겁고 행복하게 산다면
당신은 세상에서 가장 행복한 사람이 됩니다.
기죽을 필요도 없고, 예민해질 필요도 없고
조금 느리더라도 지금처럼 나아가면 됩니다.

봄날의 꽃밭을 가꾸듯
따뜻한 손길로 자기 자신을 섬기고,
보살피고 사랑하고 있기에 당신은
세상에서 가장 행복한 사람입니다.
행복이 어울리는 사람입니다.

이 책이 사랑에 빠진 사람에게 더 큰 축복을,
아름답게 살아가려는 사람에게 더 큰 향기를,
이별의 슬픔에서 헤어나지 못하는 사람에게
따스한 위로를,
삶이 버겁고 힘든 사람에게
용기와 희망이 되기를 간절히 바랍니다.

이근대

차례

Part 2 우리가 계절이라면

Part 3 ___ 상처 없는 밤은 없다

Part 4 소중한 것은 사라지지 않는다

Part 1

네가 그립지 않은 날이 없었다

HELLO

다른 사람도 아닌 당신이
그 누구도 아닌 당신이
내게 특별한 사람이 된 건
정말 기적 같은 일입니다.

전율

내 인생,
가장 눈부신 날에
가장 눈부신 사람을 만나
가장 눈부신 사랑을 했다.

마음이 몹시 떨리고
가슴이 설레는 사람을 만났다.

생각만 해도 좋고
손끝만 스쳐도 좋아
바라보는 것만으로도
내 영혼에 전율이 왔다.

당신이 미워진 날에는
당신 곁을 떠나버릴까, 고민한 밤도 있었지만
사랑의 전율은 나를 당신 곁에 묶어놓았다.

내 인생,
가장 예쁜 나이에
가장 예쁜 사랑에 빠져
세상에서 가장 예쁜 눈물을 훔쳤다.

사랑이란
눈물을 흘릴 만큼 행복한 전율인 걸까!

첫사랑

첫사랑은 태어나서
맨 처음 좋아한 사람이 아니라
마음을 가장 많이 설레게 한 사람이라고 합니다.

그래서 힘들고, 슬프고, 이루어지기 어려운가 봐요.
그래서 행복했고, 찬란했던 순간들이 많은가 봐요.
그래서 눈물 나고, 잊지 못해 가슴 저린가 봐요.

내가 더 많이 사랑했기 때문에
마음 아파도 좋았고 눈물 나도 설렜습니다.

그래서 고맙고, 소중하고,
가슴에서 놓을 수 없나 봐요.
그래서 비가 오고, 눈이 오고,
꽃이 피면 몸살을 앓나 봐요.

그래서 늘 보고 싶고, 그립고,
생각나서 눈물을 흘리나 봐요.

첫사랑은 태어나서
맨 처음 느낀 사랑이 아니라
내 생애 가장 긴 세월 동안

마음에서 놓지 못하는 사랑이라고 합니다.

사랑이란
그 사람에게 무언가를 줄 수 있다는 것,
그 자체만으로도 충분히 가슴 설레고
행복할 수 있어야 합니다.

설령 이별이 온다 해도 후회 없이
진정한 사랑을 할 수 있게 해줘서 고마웠다고
말할 수 있어야 합니다.

사랑하면 그래

사랑은 그래요.
쳐다만 봐도 설레고
곁에 있는 것만으로 행복하죠.

진짜 사랑하면 그래요.
눈을 보고 살짝만 웃어줘도 가슴 뛰고
함께 커피 한 잔만 마셔도 세상을 다 가진 것 같죠.

너무 사랑하면 그래요.
다른 사람에게 눈길만 줘도 질투 나고
나에게 사랑한다 말 한마디만 해줘도
행복해서 눈물이 나죠.

지독하게 사랑하면 그래요.
주고 또 주어도 더 줄 것이 없나,
내 마음을 뒤지게 되고

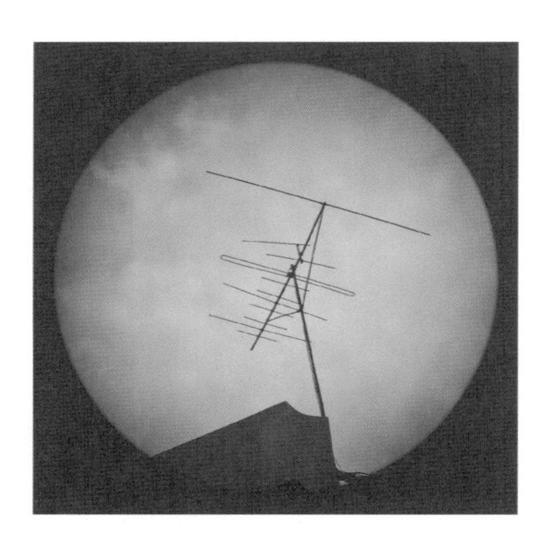

사랑이란
받고 또 받아도
더 많이 받고 싶어
마음의 평수를 넓히게 되죠.

사랑에 중독되면 그래요.

그 사람의 향기에 젖어
그 사람의 색깔에 젖어
그 사람의 살결에 젖어

내 몸에, 내 마음에 문신을 새기듯
그 사람의 숨결을 새기죠.

세상에서 가장 아름답게
미칠 수 있는 건 사랑입니다.
그 누구도 막을 수 없는 당신에 대한 설렘입니다.

당신이 왔으면 좋겠다

비가 옵니다.

당신도 빗방울처럼
내게 뛰어오면 좋겠습니다.

당신과 함께 있을 때는
빗소리도 달콤하던데…
혼자 있으니
작은 빗방울에도 온몸이 멍듭니다.

장마라고 하는데
큰일입니다.

보고 싶다 소리치는
저 놈의 빗방울 소리에
미칠 것만 같습니다.

이쯤에서
당신이 왔으면 좋겠습니다.

당신을 사랑한다는 것은

당신을 사랑한다는 것은 기적입니다.
바닷가의 모래알처럼 수많은 사람 중에
당신을 만나서
당신을 사랑하고
당신에게 사랑받는다는 건
정말 기적입니다.

다른 사람도 아닌 당신이
그 누구도 아닌 당신이
내게 특별한 사람이 된 건
정말 기적 같은 일입니다.

당신도 나를 만나서
나를 사랑하고
내게서 사랑받는 게
기적 같은 일이라고 말해주면 좋겠습니다.

지금 이 순간이 참 좋다

지금 이 순간이 참 좋습니다.
사랑하는 사람이 내 곁에 있어서 좋고
사랑하는 사람이 나를 사랑해줘서 좋습니다.

"이렇게 행복해도 될까" 하고 살짝 불안하지만
가슴 설레는 지금 이 순간만 생각하며
사랑을 만끽하고 싶습니다.

바람 불면 나의 사랑이
민들레 홀씨가 되어 날아가버릴 것 같지만
내가 당신을 너무 사랑한 탓에 밀려오는
걱정일 뿐이겠지요.

세상에 둘만 남겨진 것 같은 이 시간이 좋고,
그 누구의 방해를 받지 않고
온전히 둘만의 사랑으로 가득한 이 시간이 참 좋습니다.

아무 말 없이 서로 보고만 있어도 좋고
눈빛만 봐도 나를 간절히 원하는지 알 수 있어서 좋습니다.
아무 생각 없이 오직 서로만 바라볼 수 있어서 좋고
온전히 당신만 생각할 수 있어서 목이 마르도록 좋습니다.

이렇게 단둘이 있어도 당신이 그리운데
이 시간이 지나고 나면 얼마나 보고 싶을까 걱정도 되지만,
그것은 진실한 사랑을 하고 있다는 증거이기에
두렵지 않습니다.

당신 생각으로 하루가 시작되고
당신 생각으로 하루가 또 가고 있습니다.
당신에게 중독된 나는
당신 없이는 아무것도 아닌 존재가 되어버렸습니다.

진심으로 사랑해야 해

지킬 수 있는 약속만 하세요.
하늘의 별이라도 따줄 듯
괜히 큰소리치다가 지키지 못하면
상대가 실망하니까요.

사랑하면 잘해주고 싶고, 잘 보이고 싶겠지만
지키지도 못할 약속을 덜컥 해버리면
상대가 기대하게 되고, 기대는 실망으로 끝나거든요.

사랑은 짧은 순간 경험하는 것이 아니라
설레는 마음을 오래 가져가는 거잖아요.
영혼이 담긴 말을 하고
행동으로 옮길 수 있는 말을 하세요.
상대의 관심을 받기 위해
말부터 앞섰다가는 믿음이 깨지기 쉽습니다.

사랑은 진심이 가장 중요합니다.
진심이 없으면 사랑이 아니라 장난이 됩니다.

생각해보세요.
사랑이란 미명 아래 내가 누군가의 장난감이 된다면.
얼마나 상처가 되고 힘들겠어요.
죽고 싶을 만큼 배신감을 느낄 수도 있어요.

사랑을 가지고 장난치지 마세요.
진심을 가지고 놀다가 상처 입히면 평생 지울 수 없어요.
유리잔처럼 깨지기 쉬운 게 사람의 마음입니다.
아프게 하지 말고, 울리지 말고, 진심으로 대하세요.

진심이 없다면 시작도 하지 말고
이미 시작했다면
사랑하는 순간만은 진심을 다하세요.

제가 지금 멀리하고 있는 게
세 가지가 있어요.

하나는 술,
하나는 담배,
마지막이 여자예요.

술은 먹으면
돈 나가서 싫고요.
담배는 누구나 알듯이
건강이 나빠지니까 싫고요.

마지막으로 여자는
정말 사랑하는 사람이 아니면
가까이하지 않으려고 해요.

세상에서 가장 가슴 아픈 게

사람 마음에 상처 나는 거잖아요.

-유재석 인터뷰 중에서

표현하는 사람

여자는
남자의 사랑을 확인받고 싶은 본능이 있어서
남자를 항상 곁에 두고 싶어 해요.

여자는
가장 처음 사랑했던 남자보다
가장 깊이 사랑했던 남자를 잊지 못한다고 해요.
자기 자신만을 사랑해주고 위해주는 남자를
가슴 깊이 새기니까요.

항상 표현하는 사람이 되어보세요.
표현하는 것만큼 아름다운 것은 없어요.
꽃씨도 존재감을 드러낼 때 꽃으로 피어나고
마음도 말로 표현할 때 향기로워집니다.

작은 로망

사랑하는 사람이 잠들기 전에
"보고 싶어", "좋아해"를 속삭이고
"꿈속에서 또 보자" 말해주고 잠들면 좋겠습니다.

아침에 일어나
제일 먼저 나를 생각하고
'눈 뜨면 당신 생각이 나'라고
문자를 보내주면 좋겠습니다.

지하철을 탈 때도
직장 동료들과 밥을 먹을 때도
바쁜 일과 중에도
내가 마음에서 떠나지 않으면 좋겠습니다.

퇴근 후 내가 보고 싶다고
회사 앞으로 달려오는 사람,

내 손을 자기 호주머니에 넣은 채
만지작거리면서 공원을 거닐고
벤치에 서로 기대고 앉아
사랑 노래를 불러주면 좋겠습니다.

하루의 시작과 끝을 공유하고 싶은
그런 예쁜 사람, 좋은 사람이 생기면 좋겠습니다.

용기 내 고백해

마음을 설레게 하고
가슴 뛰게 하는 사람이 있다면
주저하지 말고 무조건 고백하세요.

거절당할까 봐, 상처 받을까 봐
마음을 감추지 말고
자기 자신에게 그리고 사랑에 솔직해지세요.

밑져봐야 본전이고,
거절당한다 해도 괜찮아요.
고백도 못해보고 혼자서 속앓이하는 것보다
고백하고 후회하는 편이 낫지 않나요?

짝사랑이라며 단념하기에는
삶이 너무 눈부시지 않나요?

당신의 심장을 흔드는 사람이 있다면
자신감을 가지고 달려가 고백하세요.

조건 없이, 이유 없이 설레는 사람이 있다면
용기도 내야 하고 없는 자신감도 만들어야 합니다.

시간은 기다려주지 않고
기회는 자주 찾아오지 않아요.
지금 이 순간을 놓치면
최고의 사랑을 놓칠 수도 있습니다.

용기가 없으면
사랑할 자격도 없고, 행복할 권리도 없습니다.
용기 있는 사람만이 사랑을 쟁취하니까요.

인연은 아무도 모른다

아름다운 사람을 보면
'사귀는 사람이 있겠지'
'고백했다 차이면 어떻게 해'
온종일 생각하면서
가슴앓이만 합니다.

그러지 말고
용기 내 말을 걸어보세요.

미인은 외롭다는 말이 있잖아요.
'예쁘니까 주위에서 가만두지 않겠지' 하고
대부분이 단념하기 때문이죠.

더는 망설이지 말아요.
"그쪽이 마음에 들어요"라고 고백해보세요.

누가 알아요?
웃으면서 시간을 허락해줄지!

사람의 인연은 아무도 모릅니다.
눈앞의 인연을 한번 놓치면
많은 시간이 흘러야 또 다른 인연이 찾아와요.

지금 마음을 설레게 하는 사람이 있다면
적극적으로 다가가 고백하세요.

혼자서 사랑하고, 단념하고, 판단하는
슬픈 사랑은 절대 하지 마세요.

사랑은 용기가 필요하고
용기는 행복을 노크합니다.

스며들다

마음을 기쁘게 하는 사람이 있다면 좋아한다 말하고
가슴을 설레게 하는 사람이 있다면 사랑한다 말하세요.

마음이 하고 싶은 말을 꾹 참으면
사랑도 놓치고, 우정도 놓치고, 삶도 놓치게 됩니다.

꽃이 예쁜 것은
자기 자신을 있는 그대로 표현하기 때문이고,
별빛이 아름다운 것은
어둠 속에서도 자신을 당당하게 밝히기 때문이죠.

진심을 마음속에 가두면
아무리 아우성쳐봤자
그 누구도 들어주지 않고,
그 누구도 알아주지 않아요.

함께 있을 때 미소가 절로 나는 사람은 좋아하는 사람이고
함께 있을 때 헤어지기 싫어 눈물 나는 사람은
정말 많이 사랑하는 사람입니다.

마음을 멈추지 말고
상대의 마음속으로 스며들어보세요.
두드려야 문이 열리듯이
사랑하고 있다는 확신이 들면
상대의 마음을 흔들어야 합니다.

만나면 마음이 편안한 사람에게 좋아한다 말하고
생각만 해도 가슴이 뛰는 사람에게 사랑한다 말하세요.

사랑은 설레는 마음을 혼자서 간직하는 게 아니라
좋아서 하나가 된 마음으로 함께하는 거니까요.

익어가는 사랑

사랑은 예뻐야 깊어지기도 하지만
눈물을 흘리면서 익어가기도 합니다.
미워서, 싫어서 싸우는 게 아니라
좋아서, 사랑해서 싸우기도 합니다.

작은 것에 섭섭함을 느껴
연락하기 망설여질 때도 있습니다.

연락 오기를 기다리면서
사랑은 더욱 간절해지지만
어느 누구도 먼저 연락하지 않아요.
사랑은 자존심을 앞세우는 게 아닌데도 말입니다.

'먼저 연락 오겠지…' 하고 기다리다가
오지 않으면 눈물이 나고

이러다가 헤어지게 되는 건 아닌가,
불안해하면서 애가 타기도 하죠.

보고 싶다고 먼저 연락하세요.
미안하다는 말은 필요가 없어요.
보고 싶다는 말 한마디 건네는 것만으로
상대의 아픈 마음이
봄 햇살에 눈 녹듯 녹아버릴 테니까요.

사랑하는 사람을 보지 않고,
목소리도 듣지 않고 지낸다는 게
얼마나 지옥 같고 힘든지 알았으니까
둘의 사랑은 더 깊어질 겁니다.

봄비 끝에 예쁜 꽃이 피어나듯
사랑도 싸움 끝에 더 간절해지는 겁니다.

지금 당장 연락해서
보고 싶다고 말하세요.

나를 나답게 하는 사람

사랑하는 사람과 함께 있을 때
내 존재가 눈부시고 향기로우면
진실한 사랑을 하고 있다는 증거입니다.

내가 사랑하는 사람은
다른 사람을 사랑하고,
나를 사랑하는 사람은
내가 사랑하지 않는 경우가 많잖아요.

사랑하는 사람과 함께 있을 때
내가 나다워지고,
내 감정에 충실해질 수 있습니다.

사랑하는 사람이
있는 그대로의 내 모습을
사랑해주는 것만큼
나를 나답게 하는 건 없으니까요.

사랑하는 사람 앞에서
내가 나답다는 것은
사랑받고 있다는
가장 확실한 증거입니다.

당신의 눈이 빛나는 이유

사람의 눈이 빛나는 건
마음에 진심이 스며 있기 때문이고
사람의 마음이 향기로운 건
마음에 사랑이 숨 쉬고 있기 때문입니다.

사랑하는 사람에게
진심을 담아 마음을 전해보세요.
사랑하는 사람에게
사랑이 가득한 마음을 선사하세요.

내가 사랑하는 사람에게
사랑받고 있다고 생각될 때
나는 세상에서 가장 행복한 사람이 됩니다.

사랑에 빠졌을 때

당신을 너무 좋아하는 나는
내가 너무 사랑스럽습니다.
당신도 나를 좋아해서
당신이 예뻐졌다고 말합니다.

사람이 가장 아름다울 때는
사랑에 빠졌을 때라고 합니다.
지금 내 모습이 그렇습니다.
지금 당신 모습도 그렇습니다.

밤이 오면
당신은 더 예뻐지고
나는 더 달콤해집니다.

사람이 사람에게 미칠 수 있다는 말,
이제야 이해할 것 같습니다.

사랑한다면
좋아한다면
아무리 바빠도 전화하고
아무리 피곤해도 보고 싶어집니다.

사랑에 핑계가 많으면
사랑이 없다는 겁니다.

지나갈 것은 지나가고

사람을 좋아하고 싫어하는 일이
마음대로 되던가요?
마음은 마음대로 안 됩니다.

당신을 좋아하고 아껴주는 사람에게
마음을 주려고 애를 쓴다 해도 되지 않고,
당신이 좋아하는 사람이
당신을 원하지 않는다고 해서
마음을 접으려고 노력해도 그게 잘 안 돼요.

마음을 숨기고
억지로 좋아하려고 하지 말고
억지로 멀리하려고 하지도 말아요.

흐르는 물길을 바꾸려 하거나 막아버리면
바닥이 패이고 둑이 터지는 법입니다.
마음이 하자는 대로 맡겨두세요.

시간이 흐르면 자연스럽게
지나갈 것은 지나가고
머무를 것은 머무릅니다.

사람의 마음은 마음대로 움직일 수 없어요.
흐르는 마음을 억지로 돌리려고 하지 말아요.
마음은 마음대로 안 되니까요.

POST
POST

이유 없이 찾아온 이별

마음이 여기까지만 하자고 합니다.
다른 이유는 없어요.
당신이 싫어서가 아니라
마음이 '그냥'이라고 합니다.

왜냐고 이유를 물으면
할 말이 없어요.

아직도 우리가
사랑하고 있는 것은 확실하지만
마음이 '그냥 여기까지'라고 합니다.

마음이 아프고 힘들어도
우리의 행복했던 지난날을 위해서
돌아서는 뒷모습도 예쁘면 좋겠어요.

당신이 좋고
여전히 참 좋지만
마음이 그만하자고 말합니다.

내 마음을 나도 모르겠어요.
당신이 조금만 이해해주면 좋겠어요.

이유 없이 좋아지는 것이 사랑이듯

이유 없이 찾아오는 것도
이별인 것 같습니다.

마음을 정리할 시간

좋아하는 사람에게서 연락이 뜸해지면
마음이 멀어지고 있다는 증거입니다.
사랑하고 좋아하면 연락하지 말라고 해도
끊임없이 전화하고 카톡을 해요.

하나씩 버리는 법을 배워야 해요.
한꺼번에 왕창 버리기에는
마음이 너무 무겁고 아프니까
조금씩 자주 비우세요.

사랑도 연습이 필요하지만
이별도 연습이 필요해요.

보고 싶고 그리우면 먼저 와서 기다리고
예고도 없이 찾아와 감동을 주게 돼요.

약속 시각을 지키지 않고 기다림이 많아진다면
애정이 식어가고 있다는 증거입니다.

하나씩 지우는 방법을 찾아야 해요.
마냥 바라만 보다가
어느 날 당신의 눈앞에서 그가 사라지면
그 감정을 감당하기 힘들어집니다.

사랑도 준비할 시간이 필요하지만
이별은 사랑보다 더 많은 시간을 준비해야 해요.

손을 잡고 함께 걷는 것도 사랑이지만
잡은 손을 놓고 온 길을 돌아가는 것도
나 자신을 위한 사랑입니다.

사랑했던 날들에 대한 예의

사랑할 때보다
이별할 때 더욱 예의를 지켜야 합니다.

사랑할 때는
말실수하거나 잘못을 해도
사랑으로 이해하고 넘어가지만
이별할 때는
조그마한 실수에도 서로에게
씻을 수 없는 상처를 줄 수 있거든요.

한 사람을 만나 사랑할 때보다
그 사람과 헤어질 때
더욱 배려하고, 용서할 줄 알아야 해요.

EXI

그것이 사랑했던 날들에 대한 예의이고
지난날을 추억으로 남겨놓기 위한 지혜입니다.

좋은 인연으로 남지 못해 결국 이별하지만
그래도 참, 예쁘게 사랑할 수 있게 해줘서
고마웠다고 인사할 줄 알아야 합니다.

이별은 또 다른 사랑을 만나러 가는
과정이기 때문입니다.

헤어지려는 당신에게

당신이 잘 살았으면 좋겠습니다.
잘 먹고, 잘 웃으면서
정말 잘 살았으면 좋겠습니다.

힘들어 하지 말고, 아프지 말고
즐겁게 살았으면 좋겠습니다.

당신이 행복하면 좋겠습니다.
하하 호호 웃으며
정 말 행 복 하 면 좋 겠 습 니 다 .

당신에게 해준 게 없어서
이별하는 것이 버겁고 힘들지만
더는 외로워하지 말고, 슬퍼하지 말고
누구를 만나도 사랑받고,
어디에 있어도 사랑받으면 좋겠습니다.

아름답게 사랑하고 행복했다면
그것으로 만족하고 감사하도록 해요.

세상에 영원한 것은 없어요.
영원히 변치 않겠다는 마음만 있을 뿐이죠.

이별은 다 그래

울지 말아요.
이별이 다 그래요.

아픔을 참지 못해 가슴이 무너지게 우는 거죠.
모든 것을 잃어버린 것처럼 눈물을 쏟는 거죠.
인생을 다 산 사람처럼
끝없이 아프고 또 아파서 슬픔에 잠기는 거죠.

이별이란 게 다 그래요.
사람을 몹시 힘들게 하죠.

설레던 가슴이 무너져내리고
주체할 수 없는 눈물을 폭포처럼 쏟는 거죠.
두 번 다시 사랑하지 않을 것처럼 아픈 거죠.

이별을 해보면 알아요.
사람을 얼마나 모질게 만드는가를…
이별을 해보지 않고는 사랑의 아픔을 몰라요.

그 슬픔이 얼마나 눈부시게 아픈가를….

상처가 깊다는 건
그만큼 많이 사랑했기 때문입니다.

영원을 믿지 말아요

절대 떠나지 않을 것처럼
뜨겁게 대지를 달구던 여름이
순식간에 떠나갔어요.

영원히 머물 것처럼 굴더니
그 푸르던 나뭇잎들을 두고
홀연히 가버렸어요.

사랑도 그래요.
절대 나만을 사랑하고,
평생 나만을 위해줄 것 같던 사랑도 변해요.

영원히 나만을 간직하고,
영원히 변치 않을 것처럼
뜨겁게 나를 사랑했던 마음도 변해요.

오직 나밖에 없다던 사람도
목숨이라도 내놓을 듯이 간절하던 사람도
시간이 지나면 변하고 말아요.

절대 사람을,
그리고 영원한 사랑을 믿지 말아요.

죽을듯이 뜨겁게 다가오던 사랑도
식으면 한순간에 떠나가요.
미친듯이 타오르던 불볕 속 장미가
하루아침에 지는 것처럼
사랑도 그렇게 지고 말아요.

ONE-TOP

사랑이 떠나간다고
애달프게 울지 말아요.
마음이 변했다고, 어떻게 그럴 수 있느냐고
매달리지도 말고 상처 받지도 말아요.

당신 덕분에 행복했고,
당신 덕분에 내 인생이
아름다웠다고 웃으면서 보내주세요.

추억을 마음에 머금고

추억은 추억으로 남겨두세요.

그립고, 보고 싶고, 생각난다고
지나간 사랑을 억지로 불러오려고 하지 마세요.
그냥 멀리 두고 고요히 바라보세요.

지난 사랑은 추억 속에 자리 잡고 있을 때
가장 그립고 설레니까요.

세월은 우리를 가만두지 않아요.
감정도, 생각도, 눈빛도 변하게 하죠.

좋은 차 한 잔을 입에 머금은 듯
추억을 마음에 머금고 있으면
은은한 아름다움에 젖을 수 있어요.

추억은 추억으로 남겨둘 때
애틋하고 아름답습니다.
저녁놀을 바라보듯 예쁘게,
그냥 두고 보세요.

잊는 것도 사랑입니다

가슴 아프게 미련 두지 말아요.
서로 아무리 사랑해도
인연이 아니면 헤어질 수밖에 없어요.

인연이라면
지구 반대편에 있어도 만날 것이고
인연이 아니라면
지금 내 눈 앞에 있어도 지나치고 말겠지요.

정말 좋은 인연이라면
외면하고 돌아서도 만나게 되니까
인연이 아니다 싶으면
더 힘들어지기 전에 그냥 잊으세요.
잊는 것도 사랑입니다.

다시는 가면 안 될 길

한 번 상처 준 사람은 다시 사랑하지 마세요.
두 번 상처 주기 쉬우니까 미련을 버리세요.

한 번 만들어놓으면
자꾸 가게 되는 게 길이라지만,
그렇다고 모두 다 같은 길이 아니거든요.

힘들어도 꼭 가야 할 길이 있고
두 번 다시는 가면 안 될 길이 있어요.

사랑이라는 것,
내가 하고 싶다고 할 수 있는 것도 아니고
안 하고 싶다고 안 하게 되는 것도 아니지만
가끔은 이성이 감성을 이끌어야 할 때가 있어요.

한 번 상처 준 사람은
두 번 상처 주기 쉬우니까 다시 만나지 마세요.
좋은 사람은 얼마든지 있고
기회도 많으니까요.

바닷가 모래알만큼 좋은 사람은 많고,
봄날의 꽃보다 예쁜 사랑도 많아요.

굳이 싫다는 사람 곁에서
힘든 사랑을 혼자 감당하지 말아요.
당신의 심장을 뛰게 할 사람은
얼마든지 있으니까요.

상처를 보듬는 사람

상처는 아는 사람에게서 받고
위로는 모르는 사람에게서 받기 일쑤죠.

아이러니하지만
그게 사실이고 현실입니다.

아무리 사랑해도
함께하는 시간이 많다 보면
장점보다는 단점이 더 많이 보이고
티격태격하다 보면 서로 상처를 주게 돼요.

익숙함이 편하고 좋을 때도 있지만
지루해지고, 따분해지고, 질릴 수도 있어요.
서로 배려하고 이해하지 않으면
이별도 감수해야 하는 슬픈 날이 올 수 있어요.

가슴 아픈 일이지만
가장 가까운 사람에게서 상처 받고
전혀 모르는 사람에게서 위로받는 세상입니다.

상처는 삶 속에서 꽃을 피워내는
거름과도 같으니까,

상처까지도 사랑할 줄 아는
사람이 되면 좋겠어요.

눈빛으로 가만히

당신에게 시간을 아끼지 않는 사람을 만나세요.
"시간 없다", "바쁘다"고 하면
당신에게 관심이 없다는 겁니다.

당신에게 마음을 아끼지 않는 사람을 만나세요.
배려하지 않고 짜증만 낸다면
당신이 귀찮다는 겁니다.

당신에게 많이 웃어주는 사람을 만나세요.
좋아하는 사람 앞에서는 저절로 웃음이 나오니까요.

당신의 존재를 귀하게 여기는 사람을 만나세요.
연애할 때 무시당하면
결혼 후에는 당신이라는 존재가 사라집니다.

당신을 최고로 생각하는 사람을 만나세요.
당신을 최고로 생각하는 그 사람도
분명 최고일 테니까요.

당신을 믿어주는 사람을 만나세요.
사랑은 믿음이 기본이거든요.

당신을 위해 목숨 바치겠다고
큰소리치는 사람은 만나지 마세요.
허세입니다.

진짜 목숨 바칠 사람은
눈빛으로 가만히 말합니다.

당신이라서 행복했습니다

내가 세상에 태어나 가장 잘한 것은
당신을 만난 일입니다.
당신을 만나 울고 웃으면서
광기 어린 사랑을 했다는 겁니다.

후회 없이 사랑하고,
아낌없이 희생하면서
사랑을 위해 살았습니다.

당신을 눈으로 보지 않고
마음으로 바라보고 살았습니다.

마음으로 볼 수 없었다면
사랑은 흩어지고 말았을 겁니다.

당신이 나를 믿어주고 사랑했기에
나도 당신을 마음으로 보고,
듣고, 느낄 수 있었어요.

나의 사랑이 간절해서
당신의 사랑이 간절해서
내 삶의 모든 순간이 행복했습니다.

당신의 냄새가 좋아서
당신의 다정한 마음이 좋아서
한결같이 웃으면서 바라볼 수 있었습니다.

당신에게
고맙다는 말,
사랑한다는 말,
꼭 전하고 싶습니다.

Part 2 — 우리가 계절이라면

어두운 밤 내리는 비는
마음과 마음을 연결해줍니다.

하루 종일 비가 내리는 오늘,
빗속에 그대가 있어서 참 좋습니다.

별일 없이 지내길

오래간만에 선배가 연락 와서
"어떻게 지내냐"고 물었습니다.
웃으면서 "별일 없이 잘 지내요"라고 답했습니다.

별일 없이 잘 지낸다는 것,
아무 일 없이 잘 살고 있다는 것,
얼마나 다행하고 행복한 일인가요.
정말 별일 없이 잘 지내면 좋겠습니다.

사랑하기 좋은 날

오늘은
나를 사랑하기에 참 좋은 날입니다.

따뜻한 차 한 잔을 마시며
음악이 빗물처럼 흐르는 창가에 앉아보세요.
나를 가장 가까운 거리에서 만날 수 있습니다.

우산을 쓰고 공원을 산책해도 좋고
차를 타고 깊은 산길을 달려도 좋아요.
마음이 이끄는 곳으로 그냥 가보세요.
나를 가장 사랑할 수 있는 곳이면 어디든지 좋습니다.

세상에서 나를 가장 잘 알면서도
가장 잘 모르는 사람이
바로 나 자신이랍니다.

빗속에서

빗속에 차를 세우고 앉아 있으면
차창에 부딪히는 빗방울 소리가 참 좋습니다.

마음 가까운 곳에서 토닥거려서 좋고
혼자 빗방울을 다 가질 수 있어서 참 좋습니다.

눈가를 촉촉하게 하는 빗소리가 좋고
나에게 젖어 내 마음을 속삭일 수 있어 참 좋습니다.

숲이 우거진 산길에 차를 세우고 있으면
나뭇잎에 떨어지는 빗방울 소리가 참 좋습니다.

빗방울 소리가 내 마음을 다 가져가줘서 좋고
빗방울이 첫사랑을 데려와줘서 참 좋습니다.

비 내리는 어둠 속에 차를 세우고 있으면
내 마음이 달달해지는 것 같아 참 좋습니다.

내리는 비가 사랑을 재촉하는 것 같아서 좋고
가로등 불빛 사이로 내리는 비가
마음과 마음을 연결해줘서 참 좋습니다.

하루 종일 비가 내리는 오늘
내 안에 비가,
빗속에 당신이 있어서 참 행복합니다.

당신의 향기가 내리는 밤

오늘은 비가 참 예쁩니다.
가로등 불빛에 빛나는 빗방울이 예뻐서
눈물이 날 것 같습니다.

당신과 내가 사랑했던 것만큼 예뻐서
눈물이 왈칵 쏟아질 것 같습니다.

비가 오면
간절하게 당신이 생각난다고
비보다 예쁜 목소리로
당신에게 전화하고 싶습니다.

이 비가 당신의 창가에도 내릴 것을 알기에
빗속에서 당신의 향기를 맡고 싶습니다.
오늘 나는 비와 함께
밤새도록 방 안을 뒹굴 것 같습니다.

오늘도 행복했나요?

당신, 오늘 하루도 행복했나요?

생각대로 일이 잘 풀리지 않아 마음이 버겁지는 않았나요? 만약 그랬다면 그것은 당신의 기대가 너무 커서 그런 거지, 능력이 부족해서는 아닙니다. 천천히 가면 됩니다. 조급하게 생각하지 말고 서두르지도 마세요.

내가 가진 모든 역량을 발휘해 최선을 다하면 세상은 당신의 정성과 성의를 외면하지 않을 겁니다. 누구도 당신의 간절한 마음을 외면하지 못할 겁니다.

너에게서 나에게로

당신을 가두는 사람은 세상에 아무도 없어요.
당신이 당신을 가두고 힘들어하는 거죠.

당신은 가만히 잘 걸어가고 있는데
바람이 불어와 흔들었다고 말하지 말아요.

모든 문제는 나에게서 시작해
나로부터 확대되는 거니까요.

세상이 어렵고 험하다고
모든 사람이 힘들어하고 눈물 흘리진 않아요.
힘들면 힘든 만큼 더 열심히 살고
아프면 아픈 만큼 더 따뜻한 마음을 가져보세요.

당신에게 일어난 일의 원인과 결과에는
항상 당신이 중심에 있다는 걸 잊지 마세요.

나에게 하고 싶은 말

울지 말 것,
절대 마음 약해지지 말 것,
힘들수록 나 자신을 사랑할 것,
누가 뭐라고 해도 당당해질 것,
나보다 잘난 사람을 만나도 기죽지 말 것,
기회는 위기 속에서 찾아온다는 걸 잊지 말 것,
좋은 일이 있을 때보다
좋지 않은 일이 생겼을 때 더 크게 웃을 것,
좋은 생각으로 나를 채울 것,
사랑이 찾아오면 정말 멋진 나를 상대에게 보낼 것,
세상에서 가장 아름다운 사람은
바로 '나'라는 걸 반드시 기억할 것.

세상에서 가장 무서운 것은
내가 나를 적으로 만드는 일입니다.
자기 자신을 적으로 돌리지만 않는다면,
세상은 당신 편에서 당신을 응원해줄 겁니다.

오늘 하루도 수고한 당신에게,
땀방울 고이도록 부지런히 달려온 당신에게
정말 고생 많았다고 말해주세요.

사람의 온도

날씨에도 온도가 있듯
사람의 눈빛에도 온도가 있어요.

누군가를 볼 때
따뜻한 눈빛으로 바라보세요.
마음에 나쁜 감정을 가지고 있으면
눈빛은 얼음장처럼 차갑거든요.

물에도 온도가 있듯
사람의 말에도 온도가 있어요.

누군가와 대화할 때
좋은 말, 고운 말, 따뜻한 말만 하세요.
좋지 않은 감정을 생각에 담아두면
나도 모르게 냉정한 말들이 나올 수 있어요.

공기에도 온도가 있듯
사람의 마음에도 온도가 있어요.

마음을 따뜻하게 가지면
어마어마한 사랑이 찾아옵니다.
사람은 사랑받고 있을 때
가장 향기롭고 아름답거든요.

별빛에도 온도가 있듯
사람의 생각에도 온도가 있어요.
좋은 생각으로 마음을 따뜻하게 만들어보세요.
삶은 예쁜 꽃밭이 됩니다.

"사람이 이렇게도 아름다울까!"
인생의 아름다움에 감탄하고
또 감격할 겁니다.

마음은 눈빛에 녹아 있어

상대의 말을 경청할 줄 알고 상대의 입장을 먼저 생각한다면 누구에게나 좋은 사람으로 기억될 수 있습니다. 남의 실수를 이해하고 남을 배려하는 마음을 가지면 누구에게나 박수받고 누구와도 좋은 관계를 유지할 수 있습니다.

아집에 사로잡혀 내 생각만 옳다고 우기면 당신 곁에 남아 있을 사람은 한 명도 없습니다. 다른 사람에게 생각을 강요하지 않고 포용과 배려로 살아간다면 훗날 당신이 무슨 말을 해도 믿어주고, 당신이 어떤 행동을 해도 뜨겁게 지지받을 겁니다.

진심을 다해 살면 어디를 가나 환영받고, 누구를 만나도 사랑받을 수 있습니다. 사람의 마음은 눈빛에 서려 있고 말에 녹아 있어 눈을 맞추고 몇 마디만 나눠보면 그 사람의 진심을 알 수 있으니까요.

사랑을 찾아 떠나요

"그 사람이 그 사람이고,
사람은 다 똑같더라" 하면서
단정 짓지 말고 많은 사람을 만나세요.

편하게 만나다 보면
좋은 사람을 만날 수 있습니다.
마음의 문을 닫고 있으면
절대 좋은 사람을 만날 수 없어요.

하늘을 봐야 별을 딸 수 있습니다.
밤하늘을 보지도 않고 방 안에 누워서
어떻게 별을 노래하고 품을 수 있겠어요.

방문을 박차고 나와 어둠 속을 뛰어보세요.
당신의 품에 별이 한가득 쏟아질 겁니다.

마음의 문을 열고 햇볕 속을 걸어보세요.
당신의 마음에 햇볕이 영롱하게 맺힐 겁니다.

사랑이 찾아오기를 기다리지 말고
사랑을 찾아 떠나보세요.
사랑은 능동적이고 적극적인 걸 좋아합니다.

마음과 마음을 엮다

사람의 마음은 한 줄기 바람과도 같습니다.
잡고 싶다고 잡히는 것이 아니고
머물고 싶다고 머물러지는 것이 아닙니다.

상대를 내 마음으로 옮겨와
오랫동안 머물게 하고 싶다면
계산하지 말고 마음으로 다가가세요.

바람 같은 마음을 잡아둔다는 것은
힘들고 어려운 일입니다.

사랑이라는 연결 고리로
마음과 마음을 엮지 않으면
절대 머물 수도 없고,
머물더라도
아주 잠시 머물 뿐입니다.

쉽게 만나고 쉽게 헤어지는 사람은
가슴으로 사람을 만나는 것이 아니라
머리로 사람을 만나는 탓입니다.

사랑하는 사람의 가슴에 오래 머물고 싶다면
사랑하는 사람이 가슴에 오래 머물게 하고 싶다면
마음과 마음을 엮어서 사랑의 고리를 만들어보세요.

모든 꽃은 사랑스럽다

꽃잎에도 색깔이 있고,
향기가 있고 모양이 있듯이
사람에게도 색깔이 있고,
향기가 있고 모양이 있어요.

당신과 조금 다르다고 해서
틀렸다고, 잘못됐다고 단정하지 마세요.
그 나름의 매력, 그 나름의 장점
그 나름의 가치가 충분히 있으니까요.

꽃밭에 다양한 꽃들이 무수히 피듯
세상에는 수많은 사람이
각양각색의 모습으로 살아가고 있어요.

마음에 들지 않더라도
그럴 수도 있겠다고 인정할 때
관계는 아름답게 꽃피어납니다.

둥글게 살아요.
모난 돌이 정 맞는다는 말이 있잖아요.

좋은 사람을 만나고 싶다면

좋은 사람을 만나고 싶다면
나부터 괜찮은 사람이 되어야 합니다.

마음을 곱게, 따뜻하게 가지고
언제나 긍정적으로 세상을 바라보세요.

아픈 사람을 어루만질 줄 알고
힘들어하는 사람을 보면
따뜻한 위로를 건네는 사람,
울고 있는 사람에게 웃음을 전염시키고
꿈을 포기한 사람에게
희망을 심어주는 사람이 되어보세요.

멋진 사람과 함께 여생을 보내고 싶다면
나부터 멋진 사람이 되어야 합니다.

옷을 잘 입고 외모가 잘생긴 사람보다
마음의 빛깔이 곱고
내면의 향기가 그윽한 사람,
힘들어도 지치지 않고 최선을 다해
삶에 책임질 줄 아는 사람이 되어보세요.

괜찮은 사람, 멋진 사람을 만나게 될 겁니다.
좋은 사람 눈에는 좋은 사람이 잘 보이거든요.

힘든 사람을 위해

기꺼이 어깨를 내어주고 잠시 쉬어갈 수 있는 편안한 사람이 되어보세요. 누군가의 눈빛을 보고 '아, 저 사람이 많이 힘들구나!' 라고 느껴진다면 이유를 묻지 말고, 그에게 다가가 당신의 마음을 먼저 꺼내 보여주세요. 그러면 그 사람도 자신의 고민을 털어놓을 겁니다. 왜 그래야 하느냐고요? 우리도 얼마든지 그런 상황에 놓일 수 있으니까요.

힘들어하는 누군가와 마음을 나누는 사람이 되어보세요. 저녁을 먹고, 커피를 마시고, 한 잔 술을 마시면서 서로의 고민과 미래를 나눠보세요. '나' 라는 생각보다 '우리' 라는 생각을 할 수 있도록 함께해보세요.

살다 보면 우리도 남에게 기대고플 때가 있잖아요. 마음이 아프고 힘들 때는 누군가 눈물을 닦아주면 좋겠다는 생각이 들잖아요. 같은 마음으로 남의 고민을 내 일처럼 공감하고 들어주는 사람이 되어보세요. 세상은 더불어 살아갈 때 행복해지니까요.

불우한 이웃을 보면 못 지나치고
천 원짜리 한 장이라도 손에 쥐여주는 사람,
말 한마디라도 가슴을 어루만지듯
따뜻하게 하는 사람,
그런 사람이 당신이여야 해요.

남을 위해서가 아니라
당신을 위해서 그렇게 살아야 해요.

오직 한 번

사랑하는 사람과 함께한다는 것은
설레고 가슴 뛰는 일입니다.

힘들고 어려울 때
서로에게 용기가 되고,
기쁘고 즐거울 때
눈을 마주치고 위로해줄 수 있으니
얼마나 행복한 일인가요.

외롭고 허전할 때 친구가 되고
비가 오고 바람 불 때
우산이 되어줄 수 있으니
이 또한 얼마나 가슴 벅찬 사랑인가요.

서로의 숟가락에 맛있는 반찬을 올려주고
쌀쌀한 바람 불 때
서로의 옷깃을 세워줄 수 있으니
참으로 든든한 지원군이고,
믿을 수 있는 내 사람이지요.

인생, 두 번 사는 게 아닙니다.
사랑하는 사람과 함께하세요.
설레는 마음을 충분히 표현하면서
서로에게 꽃이 되고 별이 되세요.

인생은 한 번입니다.
딱 한 번밖에 살지 못합니다.

좋은 관계

좋은 관계는 시기 질투하지 않고
아름다운 경쟁을 합니다.

좋은 관계는 서로의 길에 재를 뿌리지 않고
서로를 향해 박수 치면서 응원합니다.

아픈 일이 생겼을 때
마음을 어루만져주면서
같이 울어주는 사람이 좋은 사람입니다.
좋은 일이 생겼을 때
내 일처럼 기뻐하면서
축하해주는 사람이 좋은 사람입니다.

그런 사람과 함께한다는 건
크나큰 축복입니다.

편안한 사이일수록

종이를 함부로 만지지 마세요.
얕보고 만졌다가는 다칠 수 있어요.

종이에 손 베여본 적 있죠?
손에 난 피를 보고 후회한 적 있죠?
누구나 한 번쯤 종이를 함부로 다루다가
손가락을 다친 적이 있을 겁니다.

마음을 전하는 편지도
날카로운 칼이 되어 손가락에 상처 낼 수 있어요.

함부로 만지거나, 함부로 찢지 마세요.
당신이 힘들고 어려울 때
그 넋두리를 말없이 받아주던 종이잖아요.

사람도 마찬가지입니다.
곁에 있는 사람이 편하게 느껴진다고
함부로 대하지 마세요.
당신이 힘들고 어려울 때
함께해줄 정말 소중한 사람이니까요.

우리는 곁에 있는 사람의 소중함을 잊고
편하다는 이유로, 만만해 보인다는 이유로
무심결에 함부로 대할 수 있어요.

아무리 착한 사람도 함부로 대하면
상처 입게 되고, 멀어지게 됩니다.
편한 사이일수록 지킬 것은 지켜가며
서로에게 아름다운 사람이 되어주세요.

사랑하는 사람과 함께라면

아프리카에 이런 속담이 있어요.
"빨리 가려면 혼자 가고,
멀리 가려면 함께 가라."

아프리카처럼 열악한 환경에서는
혼자서 생존하기 어렵습니다.
우리가 살아가는 삶은
아프리카 정글보다도 험난합니다.

치열한 사회에서 살아남기 위해
수천 번 넘어지면서도
끝없이 도전해야만 합니다.

그렇게 살다 보면 지치고 힘들어서
모든 것을 놓고 싶을 때가 있습니다.

힘들 때, 어려울 때, 버거울 때
사랑하는 사람을 떠올리세요.

"행복해지려고 오빠를 만나는 게 아니라
불행해도 오빠와 함께라면
괜찮을 것 같아."
가수 유희열 씨는 이 말을 듣고
아내와 결혼을 결심했다고 합니다.

사랑하는 사람과 함께라면
아무리 어렵고 힘들어도
굳건한 마음으로 이겨낼 수 있습니다.

피해야 할 사람

당신을 시기 질투하면서 걸핏하면 트집 잡는 사람은 피하는 게 좋아요. 위험한 길에서 '아차!' 하는 순간에 사고가 벌어지잖아요. 아무리 조심하고 조심해도 트집 잡겠다는 사람 앞에서는 사고가 날 수밖에 없습니다. 악연이다 싶으면 피하세요.

당신을 험담하거나 짓밟으려는 사람은 관심을 두지 않는 게 좋아요. 맞서봐야 좋은 결과를 얻기는 힘들거든요. 상처 받아 가면서 억지로 인연의 끈을 이어갈 필요도 없어요. 끊을 수 있을 때 끊으세요. 무관심은 인연을 끊는 좋은 방법입니다.

세상을 살다 보면 피해야 할 사람이 있고, 끊어야 할 사람이 있고, 마음을 다해 진심으로 따라야 할 사람이 있어요. 눈빛을 보면 알 수 있어요. 말투를 보면 알 수 있어요. 눈빛과 말투는 마음에서 흘러나오기 때문에 잘 관찰하면 충분히 판단할 수 있습니다.

인연

많은 사람을 만나다 보면
매듭이 맺히는 인연이 있습니다.
언제, 어떤 모습으로
어디서, 어떻게 마주칠지 몰라요.
세상은 넓은 것 같아도 정말 좁습니다.

매듭을 가위로 잘라내면
다시는 연결할 수 없듯이
사람의 인연도
단번에 잘라버릴 수는 없어요.

한번 자른 실을 다시 연결하려면
또 다른 매듭을 만들어야 하거든요.
힘들더라도 매듭을 천천히 풀어보세요.
풀어보려 해도 도저히 풀 수 없을 때,
그때 잘라내도 늦지 않아요.

어렸을 때 어머니를 위해
실타래에 실을 감아드린 적이 있습니다.
실이 꼬이거나 매듭이 맺히면
끊어버리는 게 아니라 끝까지 풀어야 했어요.
매듭을 무시하고 감으면 어머니가
비단을 제대로 짤 수 없었으니까요.

사람의 인연도 마찬가지입니다.
사람 사이에 매듭이 맺히면
어떤 방법으로든 풀어야 해요.

좋은 인연이 아니다 싶으면
처음부터 말도 섞지 말고, 눈빛도 섞지 마세요.

악연을 피해 가는 것도
매듭을 푸는 방법입니다.

혼자 하는 사랑

상처 받을 것을 뻔히 알면서도
한 사람을 마음에서 놓지 못하는 것은
사랑의 아픔이 지독하다는 걸 모르거나
아픔을 감수할 만큼 미치도록 사랑하거나
둘 중 하나입니다.

아니라고 생각되면
감정에 시달리지 말고 냉정하게 놓으세요.
멍들고 무너질 때까지 붙잡고 있지 말고
그냥 놓아버리세요.
혼자서 감당하기에 사랑은 너무 힘들고
잔인할 정도로 마음을 아프게 하니까요.

짝사랑은 지치고 힘들어서
결국 놓을 수밖에 없어요.
마음을 크게 다치기 전에 미련을 버리세요.

지금 당장은 죽을 것 같겠지만
눈에서 멀어지면
마음에서도 멀어지게 되어 있어요.

함께 하는 사랑도 힘들 때가 많은데
혼자 하는 사랑은 얼마나 힘들겠어요.

하늘로 날아간 풍선처럼

생각지도 못한 곳에서 인연을 만나기도 하지만
생각지도 못한 이유로 이별을 맞이하기도 합니다.

이미 끊어진 인연이라면 미련 갖지 말아요.
마음속 깊이 새겨두고 슬퍼하지도 말아요.
인연은 놓아버리면
날아가는 풍선과 같습니다.

허공의 풍선을 바라보고 발을 동동 굴러봤자
마음만 쓰라릴 뿐 아무 소용이 없잖아요.

지나간 사람을 가슴에 담아두고 연연해본들
결국은 당신만 힘들고 상처 받아요.
떠나보낼 것은 미련 두지 말고,
좋지 않은 것들은 잊어버리세요.
마음속에 묻어두지도 마세요.

인연은 손에서 놓아버리면
공중으로 날아가는 풍선 같은 것입니다.
떠나간 풍선을 애타게 바라보고 기다려봤자
절대 되돌아오지 않습니다.

세상에서 가장 슬픈 말은
뜨겁게 사랑했던 사람에게 건네는 말,
"살면서 네가 많이 생각날 거야."

우리는 살면서 언젠가 한 번은
세상에서 가장 슬픈 사람으로
남게 되어 있습니다.

사람 마음

구겨진 옷은 다림질하면 되고
찢어진 옷은 꿰매면 되지만
사람의 마음은 그렇게 간단하지 않습니다.

한번 마음을 접으면 종처럼 펼 수 없고
한번 마음이 찢기면 수선하기 힘들어요.
구겨진 마음은 돌이킬 수 없고
찢어진 마음은 꿰맬 수 없으니까요.

몸에 생긴 상처는
병원에서 치료받으면 되지만
마음에 난 상처는 그 무엇으로도 치유되지 않아요.

말에도 생각이 있어야 하고
행동에도 생각이 있어야 해요.
생각 없는 말과 행동이 사람의 마음을
얼마나 아프게 하고 힘들게 하는지 모릅니다.

지금 곁에 있는 사람에게 잘하세요.
가까이 있는 사람과 따뜻한 마음을 주고받을 때
우리는 보석처럼 눈부시게 빛이 납니다.

당연한 건 없어

백 번 잘해줘도 한 번 잘못하면
상대에게 잘 못해주는 사람이 돼버립니다.

처음에는 잘해주면
고맙게 생각하고 감사하게 여기지만
나중에는 당연히 그래야 한다고 생각하죠.
잘해줘도 아무 소용없다는 말까지 나오게 되죠.

맨 처음 함께 맞이하는
생일, 크리스마스, 연말…
뜻깊은 시간을 보내면
감동하고, 기뻐하고, 고마워하지만
어쩌다 깜박하고 안 챙기면
섭섭해하고, 삐치고, 토라지죠.

사랑이 그래요.
받으면 더 받고 싶고,
더 많은 것을 바라게 되죠.

하지만 그것은 욕심입니다.
너무 많은 욕심을 부리면 지금 누리는 것도
잃거나 빼앗길 수 있어요.

작은 것에도 기뻐하고 감동할 줄 아는
아름다운 사람이 되어보세요.
지금 곁에 있어주는 것만으로도
만족하고, 감사하고, 고마워하세요.

정말 예쁜 사랑을 나누게 될 겁니다.

남을 험담하는 사람

우리는 살면서 수많은 사람과 인연을 맺고 살아갑니다. 그중에는 남을 험담하는 사람, 없는 말을 만들어내는 사람이 있어요. 남을 비방하는 사람에게는 눈빛도 주지 말고, 말도 섞지 마세요. 맞장구치다 보면 함께 나쁜 사람이 될 수 있습니다.

사람을 만나다 보면 항상 좋을 수만은 없잖아요. 내 손톱으로 나를 할퀼 때도 있는데, 남인들 내게 상처 내지 말라는 법이 없으니까요. 함께하다 보면 싸울 수도 있고 의견이 충돌해 관계가 어긋날 수 있어요. 습관적으로 남을 험담하고, 비방하고, 말을 지어내는 사람과는 눈빛도 섞지 말고 마음도 섞지 마세요.

선택적 관심 끄기

일이 힘든 건 참아낼 수 있지만
사람 때문에 힘든 건
견딜 수 없는 어려움입니다.

사회생활을 하다 보면
꼭 그런 사람이 한 명쯤 있어요.
다른 사람을 험담하고, 비난하고, 괴롭히는 사람이죠.

회사를 그만두는 가장 큰 이유는
일이 힘들고 싫은 것보다
인간관계 때문인 경우가 많다고 합니다.

안 보고, 안 부딪치고 살 수만 있다면
아무것도 문제 될 게 없겠지만
가족보다 더 많은 시간을 함께하고
더 많은 대화를 하게 되는 직장 동료이기에
괴로움은 이루 말로 표현할 수 없지요.

그립고 보고 싶은 사람은 멀리 있는데
보기 싫고 미운 사람은
꼭 가까이에 있어요.

싫어하는 사람과
계속 마주할 수밖에 없는 상황이라면
더 나은 당신이 참고 이해해주세요.

당신 자신을 위해서
당신이 행복해지기 위해서
먼저 이해하고, 용서하고, 웃어주세요.

아무리 노력해도
나아질 가능성이 보이지 않는다면
한 가지 방법밖에 없어요.
내가 떠나든, 상대가 떠나든
둘 중 한 명이 떠나는 거죠.

그럴 수 없다면
스위치를 눌러 전등을 꺼버리듯이
그를 향한 관심을 꺼버리세요.

외로워하지 말아요

"그래, 맞아요.
당신의 말, 당신의 입장을 충분히 이해해요!"

손뼉을 쳐주고 응원해주는 사람이 있다는 건
당신이 외롭지 않게 살고 있다는 증거입니다.

당신을 기억해주고
시시때때로 보고 싶다고
전화해준다는 건
당신이 행복한 삶을 살고 있다는 증거입니다.

당신의 있는 모습 그대로를 좋아해주고
사랑해주는 사람이 있다는 건
당신이 바른 인생을 살고 있다는 증거입니다.

그러니 외로워하지 말아요.
가끔 눈물 흘려도 괜찮아요.
사람이니까 외로움을 느끼고
눈물도 흘리는 겁니다.

당신은 참 좋은 사람이기에
작은 일에도 쉽게 상처 받는 겁니다.
당신은 참 좋은 사람이기에
당신 곁에는 늘 좋은 사람이 함께합니다.

뒷모습이 아름다운 사람

목숨을 다해 사랑했던 사람이 남보다 못한 사이가 되는 날이 올 수 있어요. 사랑이 간절해서 그 사람 없으면 나도 없을 것 같던 사랑도 위기를 맞이할 수 있어요. 친구도 그래요. 당신이 어려울 때 힘이 되어준 친구라도 어느 날 전화 한 통 할 수 없을 만큼 거리감을 느낄 수 있어요. 안부를 묻는 게 부담스러워 외면하는 날이 올 수 있어요.

사람의 마음은 변할 수밖에 없어요. 변덕스런 마음을 탓하지 말고 상대를 미워하지 말아요. 계절이 바뀌듯 마음의 변화도 자연스럽게 받아들여야 합니다. 사랑하는 사람이든, 소중한 친구든, 열정을 불태웠던 직장이든 언젠가 한 번은 떠나야 할 때가 옵니다.

이별할 때 가장 중요한 건 '얼마나 사랑했고 충실했느냐'가 아니라 서로에게 '얼마나 아름다운 뒷모습을 남기느냐'입니다.

추억

추억이 담긴 노래를 들으면 눈물이 나고
좋은 사람을 만나면 눈물이 납니다.
어여쁜 달빛 아래 있으면 눈물이 나고
예쁜 마음이 다가오면 눈물이 납니다.

계절이 바뀔 때에 눈물이 나고
해와 달 사이에서 눈물이 납니다.

당신을 사랑해서 눈물이 나고
당신을 보낼 수밖에 없어서 눈물이 나고
아직도 마음에 당신이 남아 있어서
눈물이 납니다.

세상 어디를 가도
당신밖에 없어서
나는 달콤한 눈물에 젖어 삽니다.

Part 3

상처 없는 밤은 없다

상처만이 상처를 위로해준다.
슬픔만이 슬픔을 토닥여준다.

한 번도 상처 받지 않은 사람보다
상처를 딛고 일어선 사람이 더 아름답다.

당신을 응원합니다

용기 있는 당신을 사랑합니다.
생의 고배를 마셔도 주저앉지 않고
도전하는 당신을 사랑합니다.

굴복하지 않는 당신을 응원합니다.
꿈을 가로막는 장애물이 나타나도
꿋꿋이 헤쳐가는 당신을 응원합니다.

식지 않는 당신의 열정을 지지합니다.
한파가 몰아치는 눈보라 속에서도
의지를 불태우는 당신을 지지합니다.

나 자신을 믿고
나 자신을 사랑하고
나 자신을 응원하면서 살아간다면
당신은 최고의 삶을 꾸려갈 수 있습니다.

당신을 좋아하고, 당신을 사랑합니다.
그리고 당신을 정말로 응원합니다.

조금 젖으면 어때

당신을 보면
비도 오지 않는데
우산을 펴고 다니는 것 같습니다.

비가 오면
그때 가서 우산을 펼쳐도
늦지 않을 텐데 말이죠.

미리 우산을 펴고 다니면
거추장스럽고 힘들잖아요.

갑자기 비가 쏟아진다 해도
걱정할 필요 없습니다.
조금 젖으면 어때요?
인생은 젖으면서 피어나는 거잖아요.

내일 비 온다는 소식에
미리 우산을 준비하는 사람,
준비성이 대단한 사람이지만
내일 준비해도 늦지 않습니다.

삶이 서글퍼질 때

삶이 서글퍼질 때
너무 깊이 생각하지 말아요.

당신만 그런 게 아니라
세상 사람 모두가 그렇게
살아간다는 걸 잊지 마세요.

문득 삶이 서글퍼진다면,
친구를 만나 맛있는 음식도 먹고
평소 하고 싶었던 걸 해보세요.
춤을 춰도 좋고, 노래를 불러도 좋고
미뤄놨던 취미 생활을 시작해도 좋아요.

평소 가보고 싶었던 곳으로 여행을 가도 좋고
낯선 곳에 묵으면서 또 다른 자신을 만나
마음의 대화를 나누는 것도 좋습니다.

내가 하고 싶은 것,
좋아하는 것을 할 때
우리의 삶은 풍요로워집니다.

마음은 내 삶의 꽃밭

누구나 마음이 지치면
까칠해지고 우울해지는 법입니다.
마음을 안아주고, 칭찬하고, 위로해주세요.
그냥 내버려두면 괜한 일에
짜증 나고 눈물 날 수 있거든요.

마음이 지치는 건
잘못 살고 있어서가 아니라
열심히 살아가고 있다는 증거입니다.

"나는 왜 이 모양, 이 꼴일까!"
자신을 탓하거나 질책하지 마세요.
그럴수록 마음을 다독여주고
마음이 원하는 게 무엇인지 물어보세요.

평소 내 마음을 내가 몰라주니까
투정부리고 예민해지는 겁니다.
마음이 공연스레 민감해지면
오랫동안 마음을 방치했다는 뜻입니다.

마음이 지치면 쉬기도 하고
마음과 고요히 대화도 나눠보세요.
마음은 정말 순해서
보듬어주고 어루만져주면 풀어지거든요.

남에게만 관심을 가지지 말고
나 자신에게도 따뜻한 관심을 쏟아야 합니다.

'마음이 나에게 관심을
가져달라고 하는구나' 생각하면서
마음에게 꽃다발을 선물하고
좋아하는 노래를 불러주세요.

마음이 편해야 인생도 잘 풀립니다.
마음에게 잘하세요.
마음은 내 삶의 꽃밭입니다.

어둠이 내리면

산이 높다고 걱정하지 말아요.
사람은 절대 산에 걸려 넘어지지 않는다고 했어요.
작은 돌부리에 걸려 넘어지고
달콤한 유혹에 빠져 인생이 무너지는 거죠.

잘못 걸리면 큰코다칠 수 있고
발을 헛디디면 넘어질 수 있으니
그림자도 조심해야 합니다.

길을 가다가 어둠을 만났다고
가던 길을 멈추지 말아요.
어둠에 걸려 쓰러지는 사람은 아무도 없어요.
어둠은 사람의 눈빛을 이길 수 없거든요.

눈에 보이지 않는 바람에 걸려 엎어지고
하늘에 떠다니는 구름에 마음이 걸려 추락하죠.

어둠이 내리면
마음은 오히려 반짝반짝 눈을 뜨고
달빛처럼 환한 길을 가게 됩니다.

강물이 깊다고 걱정하지 말아요.
구름도 건너가는 강을
사람인들 못 건너가겠어요?

괜찮아요.
마음을 크게 먹으세요.

살면서 누구나 한 번은 고비를 만납니다.
이 고비를 넘기고 나면 괜찮아집니다.
바람처럼 모두 다 지나갑니다.
악몽을 꾸고 있다 생각하고
마음을 단단하게 만드세요.

힘들어하지 말아요

살다 보면
손가락 하나 꼼짝하기 싫을 만큼
만사가 귀찮을 때가 있습니다.

밥 먹는 것도, 화장실 가는 것도
씻는 것도 귀찮아 그냥 침대에
누워 있을 때가 있습니다.
이럴 땐 숨 쉬는 것조차 버겁습니다.

세상에서 내가 가장 슬픈 것 같아
깊은 절망에 빠져
꼼짝달싹하기 싫어질 때가 있습니다.

그렇지만 힘내야 합니다.
씻는 것도, 먹는 것도 귀찮을 만큼 힘들다면
지금 당장 휴식이 필요하다는 신호입니다.

꿈을 안고 뜨겁게 사는 것도 좋지만
가끔 쉬어주는 것도 꼭 필요해요.
너무 오래 아파하지 말고
너무 깊이 가라앉지 마세요.

자리를 훌훌 털고 일어나
햇빛 좋은 창가에 앉아보세요.
나도 햇빛 못지않게 빛나는 사람이라는 것을
햇빛이 반짝반짝 가르쳐줄 겁니다.

하고 싶은 일을 할 때

하고 싶은 일을 신나게 하는 사람이
인생을 잘 살게 마련입니다.
조금 허술해도 괜찮고,
조금 늑장 부려도 괜찮아요.

눈에 보이는 것이 전부가 아니거든요.
겉은 화려해 보여도
속은 곪아 있는 사람이 많습니다.

부러워할 것도, 우러러볼 것도 없습니다.
많은 돈, 좋은 학벌, 높은 지위는
행복의 척도가 될 수 없어요.

그보다 더 중요한 것은
일을 얼마나 즐기고,
그 일에 얼마나 만족하느냐는 것입니다.
나 스스로 만족하고 즐길 수 있는 일이라면
남의 시선 따위는 의식하지 마세요.

당신이 하고 싶은 일을 하고 즐길 때
진정으로 행복하게 잘 사는 것입니다.

당신의 자리

외롭고 힘들 때
당신의 마음을 끝까지 나눌 수 있는 사람은
당신 자신뿐이라는 것을 알아야 합니다.

친구도 있고, 사랑하는 사람도 곁에 있지만
그들의 손이 닿지 못하는 곳이 있습니다.

내 인생의 중심에 내가 있다는 것,
나 아닌 그 누구도
내 인생을 대신할 수 없다는 것.

곁에 있는 사람에게
하염없이 기대고 의지하다가는
마음에 더 큰 상처를 입을 수 있습니다.

나는 내가 책임지고 이끌어야 합니다.
그 누구에게도 나를 내맡겨선 안 됩니다.

즐거워도 당신의 몫이고,
힘들고 버거워도 당신의 인생이에요.
견디기 힘든 슬픔이 밀려와도
당신을 오롯이 이해하고 달달하게 보듬어주세요.
따뜻하게 어루만져줄 유일한 사람은
바로 당신입니다.

그 누구도 기대하지 말고
누구에게도 기대지 마세요.

아름다운 사람

상처 받아보지 않은 사람은
상처가 얼마나 아픈지 그 고통을 잘 모릅니다.

남의 아픔을 위로할 줄 알고,
슬픔을 달랠 줄 아는 사람은
깊은 상처에 몸부림쳐본 사람입니다.

배고픔에 눈물 흘리면서
마른 빵 조각을 먹어본 사람은 압니다.
그 서러움이 얼마나 깊은 상처로 남는지를….

그래서 가난한 사람은
가난한 사람을 도와줄 줄 알고
상처 받아본 사람은
상처 난 사람의 가슴을
따뜻하게 어루만질 줄 압니다.

한 번도 상처 받지 않은 사람보다
한 번이라도 상처 받은 사람의 마음이
더 아름답습니다.

당장 위로받고 싶고, 슬픔을 달래고 싶다면
한 번이라도 상처 받은 사람을 만나세요.

상처가 상처를 위로하고 어루만질 줄 아니까요.
슬픔이 슬픔을 달래주고 토닥거릴 줄 아니까요.

그래서 삶이 빛납니다.
그래서 삶을 살아가는 사람이 빛납니다.
그래서 삶을 살아가는 사람의 영혼이 영롱합니다.

세상이 아름답게 빛나는 것은
상처가 상처를 위해 눈물을 닦아주기 때문입니다.

쉬었다 가요

좀 쉬었다가 하세요.
하늘도 한번 쳐다보고
그리운 사람을 그리워도 하면서 쉬엄쉬엄 하세요.

식사는 절대 거르지 말고
좋아하는 사람 있으면 데이트도 하면서요.

고등학교 때는 대입 시험 친다고 공부만 하고
대학 때는 취직 준비한다고 미친듯이 공부하고
취직하고 나면 승진 시험 본다고 죽도록 공부하는 인생….

좀 쉬었다가 하세요.
시험지옥에서 오늘 하루도 버티며 살아가는 당신,
조금 늦게 가더라도 몸과 마음을 챙기면서 가세요.

건강을 잃으면 목표가 의미 없고
정상에 오른다 해도 아무 소용없어요.
몸과 마음을 다독거리고 행복을 챙기면서 가세요.

남들보다 조금 늦어도 괜찮고
설령 못 간다 해도 괜찮습니다.
정상에 오른다고 다 행복한 것은 아니잖아요.

달콤한 사랑도 하고
여행도 하면서 살아요.
두 번 살지 않는 인생,
책상 앞에만 붙잡혀 살기에는
인생이 너무 불쌍하잖아요.

좀
쉬었다가 가세요.

천천히 마음과 함께

앞만 보고 질주하다 보면
조금 빨리 갈지는 모르지만
쉽게 힘이 들고 지쳐서
소중한 것들을 놓칠 수도 있습니다.

주변도 살피고
몸과 마음도 잘 추스르세요.
걸어가야 할 나날도 중요하지만
걸어가고 있는 지금이 더 소중합니다.

세월이 가면
사람은 추억을 먹고 살아갑니다.
그러니 서두르지 말고 쉬면서
천천히 마음과 함께 가세요.

흐린 날에 감성을 적셔요

맑고 깨끗한 날이 있는가 하면
우중충한 하늘에 비가 오는 날도 있어요.
비 온다고 우울에 젖을 필요 없어요.
메마른 감성과 마음을 비가 적셔줄 테니까요.

매일 햇볕만 쨍쨍 내리쬔다고 생각해보세요.
지구는 온통 사막이겠지요.

사는 것도 그래요.
항상 좋은 일만 있다면
삶이 건조해져 재미가 없어요.
어려움 속에서 보람을 느끼고
성취감을 느낄 수 있으니까요.

비가 올 때는 비가 와야 하고
바람이 불 때는 바람이 불어야 해요.

그래야 꽃도 피고, 나무도 자라고,
공기도 맑아집니다.

사람은 누구나 갈등하고, 고민하고, 걱정하면서
길고 긴 하루를 보냅니다.
좋은 일, 즐거운 일, 기쁜 일도 많지만
스트레스 받는 일도 많고 우울한 일도 많습니다.

잠들기 전 지친 당신에게
"수고했다"고 다정하게 속삭여주세요.
눈을 감고 마음에 안부를 물어보세요.

힘들었던 하루는 큰 위로를 받고
당신은 비로소 편안하게 잠들 수 있습니다.

모르는 사람이 편해

잘 아는 사람보다
모르는 사람이 더 편할 때가 있습니다.

의식할 필요 없고,
자존심 내세울 필요 없이
나를 있는 그대로 끄집어 내놓아도
아무도 뭐라고 하지 않으니까요.
눈치 볼 필요도 없어 좋습니다.

때로는 한 잔 커피도 마신 적 없는 사람에게서
크나큰 위로를 받을 때가 있습니다.

그래서일까요?
지인들이 북적거리는 곳보다
낯선 사람들만 모여 있는 곳에서
마음이 편안하고 좋을 때가 있습니다.

내 아픔을, 내 슬픔을 모두 끄집어 내놓아도
부끄러울 게 없으니까요.

세상에는 당신처럼 자기만의
고민과 걱정을 안고 사는 사람들이 많은가 봅니다.
당신도 언젠가 누군가에게
그런 듬직한 존재가 되어보세요.
삶이 한층 보람되고 재미가 있을 것입니다.

마음이 슬플 땐

마음이 슬플 땐
억지로 웃으려고 하지 마세요.
애써 괜찮은 척하다 보면
더 가슴이 메고, 더 아픈 눈물을 삼키게 됩니다.

슬퍼한다고 슬픔이 더 커지는 것 아니잖아요.
울음을 참으면
참는 만큼 슬픔이 커집니다.

다만,
너무 깊이 울지 말고
너무 크게 울지 말고
너무 오래 울지 말아요.

마음에 고인 슬픔만큼만 털어내세요.
젖은 마음을 털고 나면
마음이 한결 가벼워집니다.

슬프지 않은 척 억지로 꾸미다 보면
마음이 더 아프고, 더 힘들어져요.
그러니 감추지 말고 숨기지 마세요.

너무 오래, 깊이 감춰두면
부풀대로 부풀어오른 풍선처럼
언젠가 '팡' 하고 터져버릴지 모릅니다.

빗줄기가 아무리 거세다 해도
언젠가 멈추게 마련입니다.
힘들다고 나 자신까지 놓아버리지는 마세요.

비바람이 지나간 밤하늘에
별빛도 더 영롱하게 반짝이는 법입니다.
'어떻게 하면 나를 더 사랑할 수 있을까'
지금은 그 고민을 할 때입니다.

은은하게, 좁은 보폭으로

살다 보면 모든 것을 놓아버리고 싶을 때가 있어요. 다 집어치우고 마음의 끈을 끊어버리고 싶을 때가 있어요. 그런 시련 속에서 울어야 할 때가 있어요. 절망 속에서 숨을 헉헉 쉬어야 할 때가 있어요. 꿈을 가졌다는 이유로 시련을 맛보아야 할 때가 있어요.

숨이 쉬어지지 않을 만큼 힘들 때 눈을 감고 마음으로 발걸음을 옮겨보세요. 은은하게, 좁은 보폭으로 마음의 길을 고요히 걸어보세요. 어느 정도 가면 또 다른 내가 나를 기다리고 있을 겁니다. 걷는 동안 "괜찮다, 괜찮다" 토닥여주세요.

지금 힘든 시간을 보내고 있다는 건 좋아지고 있다는 겁니다. 밤이 있으면 낮이 있고, 흐린 날이 있으면 맑은 날도 있잖아요. 햇볕에는 그늘이 숨어 있고, 그늘에는 분명히 햇볕이 숨어 있습니다. 힘내세요. 좋은 날이 오고 있어요. 내일은 좋아질 거라고 믿으세요. 세상은 항상 꿈꾸는 자의 편이니까요.

산 발자국

정상에 오르면 언젠가 내려와야 합니다.
올라갈 때는 많은 짐을 짊어지고 올라가지만
내려올 때는 모든 것을 놓고 내려와야 합니다.

내 모든 것을 바쳐 힘들게 올라가서
빈껍데기로 내려온다 해도 슬퍼하지 마세요.
힘들게, 어렵게 올라가서
얼마 머물지 못하고 내려와야 하더라도
우울해하거나 슬퍼하지 마세요.

조금 일찍 내려올 뿐이라고 생각하세요.
미련 두면 당신만 상처 받고 힘들어집니다.
직책도, 명성도 모두 놓아두고 사뿐히 내려오세요.

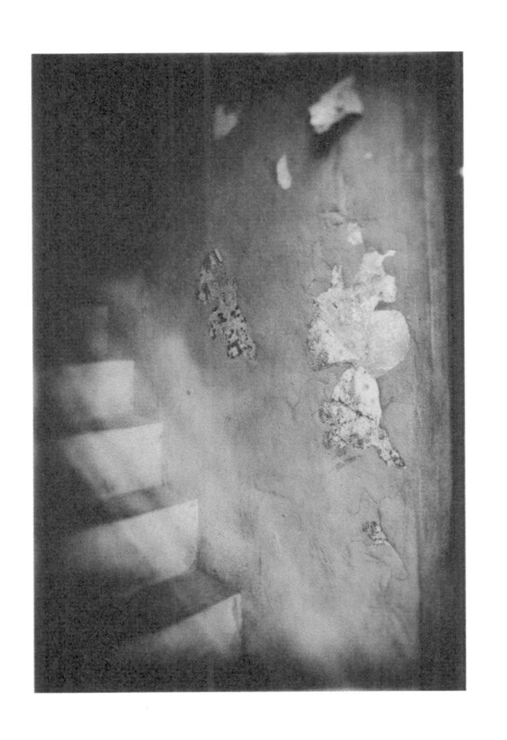

피나는 노력으로 정상에 올라올 다른 누군가에게
자리를 기꺼이 내어줄 수 있다는 것만으로도
큰 행복입니다.

텅 빈 마음

마음이 텅 빈 것 같아도 울지 말고
세월이 당신을 가지고 놀아도 분개하지 말아요.

천 년, 만 년 사는 것 아니잖아요.
길어야 백 년이고 짧으면 백 년도 못 채워요.

조금 부족해도 만족할 줄 알고
조금 모자라도 욕심부리지 말아요.
욕심이 마음을 힘들게 하고 병들게 하니까요.

마음에 사랑이 가득하다면
세상 부러울 것 없이 살아갈 수 있어요.

당신이 누구를 만나고
얼마를 가졌는지가 중요한 게 아니라

당신이 마음에 얼마나 많은 사랑을
담고 있느냐가 중요합니다.

자신을 사랑하는 마음만 있다면
세상을 충분히 아름답게 살아갈 수 있어요.

사람이 아름다운 것은
인생을 사랑으로 가꾸기 때문입니다.

말이라는 씨앗

우리는
"잘한다"고 박수 쳐주면
더욱 잘합니다.

칭찬받고, 응원받으면
강력한 힘이 생기거든요.

우리는
"네가 최고다!"라고 말해주면
진짜 최고가 됩니다.

그러니 몸과 마음에
아침마다 좋은 씨앗을 뿌리세요.

꽃밭에 풀씨를 뿌리면 풀이 돋아나고
꽃씨를 뿌리면 꽃이 피어나잖아요.

매일 아침 당신에게
"잘한다", "최고다"라고 응원해보세요.
당신은 분명
최고의 길을 가게 될 겁니다.

이것만은 잊지 말아요

힘들고 어려울 때
버틴다고 생각하지 말고
즐긴다고 생각해보세요.

고난도 즐기고, 외로움도 즐기고
아픔도 즐거움으로 승화시켜보세요.

끝까지 버티겠다고 안간힘을 쓰다 보면
마지막 남은 에너지까지 소진하게 됩니다.

정말 힘들 때는
손에 쥔 것들, 마음에 담은 것들,
생각하고 있는 것들을 잠시 놓는 것도 방법입니다.

끝까지 지키겠다고,
끝까지 가지겠다고 울부짖다 보면
모든 것이 망가져
회복하는 데 많은 시간이 걸립니다.

설령 무너진다 해도 괜찮아요.
무너지면 잠시 충전한다 생각하면 되고
무너졌다가 일어서면 더욱 단단해질 수 있으니까요.

낙관적으로 생각하세요.
비관적인 생각은 마음에 독이 되고,
앞날에 장애가 되니 좋은 생각만 해야 합니다.

이것만 잊지 않으면 됩니다.
어떠한 경우에도 긍정적으로 생각할 것,
좋은 마음으로 꿈을 가지고 살 것,
그 누구보다 나 자신을 섬기고 사랑할 것.

사랑한다는 말

"힘내라"는 백 마디 말보다
말없이 한 번 안아주는 것이 큰 위로가 되고
"잘해"라는 천 마디 말보다
사랑한다는 말 한마디가 정말 큰 힘이 됩니다.

당신 곁에 있는 누군가가 우울해하고 있다면
한번 안아주면서 어깨를 토닥거려주세요.
당신이 사랑하는 사람이 힘들어하고 있다면
다정한 목소리로 사랑한다고 말해주세요.

세상에서 가장 따뜻한 것은 사람의 품이고
세상에서 가장 큰 힘은 사랑입니다.
따뜻한 가슴과 뜨거운 사랑만 있다면
삶이 아무리 힘들고 버거워도
두려울 게 없습니다.

슬픔에 떨고 있을 때 눈물을 닦아주는 것보다
보듬고 함께 울어주는 것이 큰 힘이 됩니다.
상심에 젖어 있을 때 소리 없이 응원하는 것보다
사랑한다는 말 한마디 건네는 것이 큰 용기가 됩니다.

오늘은

오늘은
웃음꽃을 피우세요.
어차피 한 번 사는 인생인데
인상 찌푸린다고 달라지는 건 없으니까요.
당신이 웃으면 옆에 있는 사람도 따라 웃고
당신의 마음도 부드러워져 인생은 꽃밭이 됩니다.

오늘은
진정으로 감사하는 마음을 가져보세요.
감사하는 마음으로 살면
감사할 일이 더 많이 생긴다고 했습니다.
마음을 스치는 바람 한 점에도 감사하고
좋은 사람들을 매일 볼 수 있음에도 감사를 느껴요.

오늘은
사랑하는 사람에게 날아갈 수 있도록
마음을 곱게 단장해보세요.
애인을 만나 달콤한 사랑을 속삭이고
세상에서 가장 행복한 연인이 되어보세요.

오늘을 인생에서
최고로 아름답고 행복한 날로 만들어보세요.
지나간 어제를 돌아보며 탄식하지 말고
오지 않은 내일을 앞서 걱정하지도 말아요.

오늘 이 순간이 행복하면
추억은 아름다워지고
내일은 희망으로 밝아옵니다.

주문을 외워보세요

긍정적인 사람과
부정적인 사람의 삶은
엄청난 차이가 있습니다.

긍정적인 사람은 자기암시로
자신감과 용기를 얻고
뜨거운 열정을 동력으로 삼습니다.

지금 당장
"나는 할 수 있다"고
단단한 각오와 다짐으로
마음속 깊이 주문을 외워보세요.
"모든 행운이 내 곁에 있다"고
강력하게 최면을 걸어보세요.

좋은 생각을 하고
긍정적인 마음을 먹으면
좋은 기운이 들어옵니다.

긍정적인 생각만 하세요.
오늘부터 기적이 일어납니다.

기분 좋은 하루

항상 웃고 다니세요.
기분 좋은 일이 있으면 그냥 웃고
힘든 일이 있으면
더 크게, 더 화사하게, 더 호탕하게 웃으세요.

웃어야 힘이 나고
웃어야 마음에 꽃이 핍니다.
기분 좋을 때는 한 번,
힘들고 지칠 때는 두 번, 세 번 웃어요.

힘들 땐
웃음이 가장 좋은 약입니다.
웃으면 좋은 에너지가 나와서
좋은 일을 만들어줍니다.
진짜 웃음을 웃는 것도
능력이고 실력입니다.

오늘, 지금 이 순간 행복하세요.
내일 일은 내일 걱정하세요.
오늘 걱정한다고 해결될 문제가 아니니까요.

내 생애 최고의 날인 것처럼 오늘을 살아요.
지금 행복해야 내 인생 전부가 행복해집니다.

나에게 부탁해

나에게 지혜를 주면 좋겠습니다.
내 마음에 그늘이 드리워질 때
인내하고 극복할 수 있도록
용기를 주면 좋겠습니다.

어느 날 난관에 부딪쳐 힘들어할 때
슬기롭게 헤쳐나갈 수 있도록
힘을 주면 좋겠습니다.

매사에 불평하지 않고
비관하지 않고 웃을 수 있도록
좋은 에너지를 주면 좋겠습니다.

내가 나를 상처 주려 할 때
잘못된 마음을 바로잡아주면 좋겠습니다.

지치지 않고, 좌절하지 않고
끝없이 전진할 수 있도록
꿈을 심어주면 좋겠습니다.

내 삶을 내가 책임지고
후회 없이 뜨겁게 도전할 수 있는
열정을 주면 좋겠습니다.

버겁고, 힘들고, 지칠수록
나를 더욱 다독이고 사랑할 수 있도록
나는 늘 나에게 부탁합니다.

Part 4 — 소중한 것은 사라지지 않는다

오늘 당신의 마음은
구름 한 점 없는 맑은 날이 될 겁니다.
당신 인생에서 가장 아름다운 오늘,
따뜻한 햇볕을 보러 외출하면 어떨까요.

마음을 가볍게

살다 보면 마음에 비바람 치는 날이 있습니다.
이유 없이 우울하고
이유 없이 허전한 날이 있습니다.

길을 걸어도, 카페에서 커피를 마셔도
마음에 비가 내리고 바람이 불 때가 있습니다.
별이 떨어지는 공원 벤치에 누워봐도
노래방에서 목청껏 노래 불러도 공허할 때가 있습니다.

그래도 걱정 말아요.
맑은 날이 있으면 비 오는 날이 있듯
사람의 마음도 맑을 때가 있고 흐릴 때가 있으니까요.

사계절 내내 햇볕만 쨍쨍 내리쬔다고 생각해보세요.
꽃과 나무가 제대로 자랄 수 있을까요?

인생도 마찬가지입니다.
어둠이 있어야 빛이 있듯
슬픔이 있기 때문에 기쁨도 있는 거니까요.
슬픔을 모르고 살아간다면
눈물이 메말라 사랑을 잃고 말 겁니다.

너무 걱정 말아요.
하루에도 낮과 밤이 있는 것처럼
사람의 마음에도 빛과 어둠이 있습니다.
어둠이 짙을수록 별이 찬란하게 빛나듯
인생도 우울과 눈물 속에서
더욱 눈부시게 빛나니까요.

중요한 건 마음입니다.
마음이 어떻게 그것들을 담느냐에 따라
삶의 빛깔도 달라집니다.

무지개가 활짝 피었습니다

나의 청춘이 모두 흩어져버린 것 같고,
나의 아름다운 노래가 끝나가는 것 같아
우울해질 때가 있습니다.

마음이 황량한 사막 같을 때가 있습니다.
무엇에도 흥미를 느끼지 못하고
무엇을 해도 재미없을 때가 있습니다.
무엇을 먹어도 맛이 없고
물만 먹어도 소화되지 않을 때가 있습니다.

누구를 만나도 반갑지 않고
그 누구도 보고 싶지 않아
마냥 혼자 있고 싶을 때가 있습니다.

살다 보면 마음에 찬비가 내리는 날이 있습니다.
빛바랜 나뭇잎마저 떠나버린 텅 빈 가지에
아침 서리가 새하얗게 내리듯
슬픔이 마음을 적시는 날이 있습니다.

마음이 텅 빈 것 같고 세상에 혼자 남겨진 것 같아
지독한 외로움에 시달리는 날이 있습니다.

하지만 걱정하지 말아요.
그냥 지나가는 비바람일 뿐입니다.
너무 민감하게, 예민하게 반응할 필요 없어요.
자연의 섭리 같은 거라고 가볍게 생각하세요.

모든 병은 마음에서 시작되어
마음으로부터 깊어집니다.
마음을 편안하게 가지고
생각을 가볍게 하세요.
복잡한 생각을 버리고 나면
몸도 마음도 한결 가벼워집니다.

집에만 있지 말고 밖으로 나가
젖은 마음을 햇볕에 말려보세요.
우울할 때 햇볕 속을 걸으면
마음에 무지개가 활짝 피어납니다.

무르익다

먹고사는 게 힘들다고
한숨 지어본들 바뀌는 건 없습니다.
오히려 가슴만 무너지고 마음만 아플 뿐
달라지는 건 아무것도 없습니다.

웃으면서 즐겁게 살아요.
이렇게 살려고 태어난 게 아닌데, 하면서
맥없이 주저앉지 말아요.

어쩌면 지금의 현실보다도
부정적인 생각이 당신을 더 힘들게 하고
절망에 빠뜨릴 수 있어요.

어려운 상황에서도 웃을 일은 생기고
마냥 추울 것 같아도 새봄은 찾아옵니다.

계절의 변화 속에서 꽃이 지고 과일이 익어가듯
인생도 어려움 속에서
향기롭게 무르익어갑니다.

낮잠

힘들 땐 아무 생각 없이 한숨 푹 자는 것도 좋은 약이 될 수 있습니다. 밤새워 고민하고 걱정한다고 문제가 해결되는 것 아니잖아요. 차라리 아무 생각 없이 이불 뒤집어쓰고 낮잠을 자 보세요. 숙면을 하고 나면 몸도, 마음도, 생각도 가벼워지고 개운해집니다.

무작정 달리는 것만이 최선은 아닙니다.
힘들 땐 쉬어가는 것이 최고의 충전이에요.

당신의 몸과 마음이 병드는 것도 모르고 꿈에만 미쳐 사는 것은 어리석은 짓입니다. 고민한들 지친 마음에 무게만 더해질 뿐 아무런 도움이 되지 못해요. 당신이 걸어온 길과 주위를 살펴보면 당신보다 힘들게 살아가는 사람들을 볼 수 있습니다.

버거울 땐 잠시 달리던 길을 멈춘 채 주변을 살피고 하늘을 올려다보세요. 가로수 그늘에 앉아 숨을 고르며 산들바람을 느껴보세요. 죽을 둥, 살 둥 달려간다 해도 마음에 상처 입거나 건강을 잃으면 모든 게 무의미하잖아요.

속도를 강조하는 시대. 속도가 우리의 운명을 결정한다고 해도 과언이 아니지만, 삶을 아름답게 꾸려가기 위해서는 과정의 즐거움을 만끽해야 합니다. 그래야 삶이 풍요로워집니다.

잘하고 있어요

남들이 나를 알아주기를 바라지 마세요.
묵묵히 나의 길을 걸어가세요.
남들이 인정해주는 삶도 멋지지만
그렇지 않다 해도 크게 신경 쓸 필요 없어요.

정원에 핀 꽃만 예쁜 게 아니라
풀숲에 혼자 핀 꽃이라도
그 자체로 예쁩니다.

남들이 나를 알아주지 않는다고
내 삶이 가치 없거나 무의미해지지 않습니다.
남들이 알아주기를 바라는 순간부터
내가 내 삶을 주도하는 것이 아니라
남에게 내 삶이 끌려가게 됩니다.

내가 중심이 되어야 할 삶에서
나는 변방으로 쫓겨나고
남들의 눈과 생각에 맞춰 삶을 살게 됩니다.
그것은 남에게 보여주기 위한 삶입니다.

나도 인간이기에 가끔은
남들과 비교되고, 주눅도 들겠지만
절대 위축되거나 기죽지 마세요.

지금까지 잘해왔고
잘하고 있으니까 괜찮아요.
남을 의식하지 말고
내 의지대로 밀고 나가세요.

세월

결혼하기 전에는
맛있는 음식을 보면
가장 먼저 생각나는 사람이 어머니였습니다.

시골에서 혼자 밥 드시고, 혼자 주무시고
달빛이 데려가도 모를 오두막집에 홀로 계시는
어머니 생각에 음식이 늘 목에 걸렸습니다.

결혼하고 나니까
맛있는 음식을 보면
가장 먼저 생각나는 사람은 아내였습니다.
나도 모르게 어머니는 새까맣게 지워졌고
가슴에 아내가 새겨져 있었습니다.

어머니께 죄 짓는 것 같아
죄송스러웠지만
맛있게 먹을 아내를 생각하면
행복해서 눈물이 났습니다.

아이가 태어나니까
맛있는 음식을 보면
가장 먼저 생각나는 사람은 아이들이었습니다.
귀엽고 사랑스런 아이들과
재잘대면서 먹을 것을 생각하니
가슴 벅찬 감동이 눈시울을 적셨습니다.

세월은
정말 무섭고도 아름답습니다.

잊어야 할 것은 잊히지 않고

참 얄궂은 게 기억입니다.
잊고 싶은 것은 잊히지 않고
잊어선 안 될 것들은 그냥 잊히니까요.

신이 망각이라는 선물을 주지 않았다면
사람들은 아마 미쳐버렸을지도 모릅니다.
지금까지 겪었던 일들을
모두 기억하고 살아간다면
세상을 어찌 살아갈 수 있을까요….

그러나
망각도 가끔 오작동을 합니다.
정말 잊지 말아야 할 것은 잊고
잊어야 할 것은 잊히지 않거든요.

참 괴롭고, 힘든 일입니다.

사막이 아름다운 건

사람이 아름다운 것은
힘든 삶 속에서도 굴복하지 않고
사랑을 꽃피우기 때문입니다.

삶이 보드랍지 못해도 너무 상심하지 말아요.
꽃밭의 꽃도 그냥 피는 법이 없잖아요.
바람을 맞고 빗방울에 젖으면서 피어납니다.

밤하늘의 별을 보세요.
어둠이 없었다면 누가 별빛이라고 말하겠어요.
어둠이 별을 빛나게 해주듯
시련이 사람의 꿈을 이뤄줍니다.

생텍쥐페리가 말했습니다.
"사막이 아름다운 것은
어딘가에 샘이 숨겨져 있기 때문"이라고.

때때로 눈에 보이는 것보다
마음으로 보이는 것들이 더욱 소중합니다.

우리의 삶이 아름다운 것도
가슴에 어마어마한 사랑이 숨어 있기 때문입니다.

혼자라는 생각이 들 때

당신을 사랑해주는 사람이 단 한 명도 없는 것 같다고 슬퍼하지 말아요. 내가 나를 그 누구보다 더 많이 챙겨주고 사랑해주면 되니까요. 내가 나를 사랑하기 시작하면 많은 사람으로부터 관심받고 사랑받게 돼 있습니다.

살다 보면 세상 사람 모두가 나를 외면한다 싶을 때가 있겠지만 사실 당신은 가족과 친구, 동료들로부터 많은 사랑을 받고 있어요. 다만, 닫힌 마음에 공허함만 가득해서 그래요. 마음에 꽃밭 대신 허허벌판이 들어와 있어서 그래요.

힘내세요. 당신 안에 스스로 갇히지 말고, 당신 안에서 밖을 바라볼 수 있어야 해요. 또 바깥에서 당신 자신을 들여다볼 줄 알아야 해요. 문득문득 혼자라는 생각에 쓸쓸해지지만, 사람이기 때문에 누구나 겪는 외로움일 뿐입니다. 걱정할 것도, 고민할 것도 없어요. 내가 나를 얼마만큼 소중하게 여기느냐가 가장 중요합니다.

오늘,
당신의 마음은
구름 한 점 없는 밝은 날이 될 겁니다.

오늘은
당신 인생에서 가장 아름다운 날이에요.
꽃잎처럼 화사하게 차려입고 외출하는 건 어때요?

어른이 되면

어렸을 때는
빨리 어른이 되면 좋겠다고 생각했습니다.

어른이 되면
공부하지 않아도 되고
부모님의 잔소리를 듣지 않아도 되고
신나게 놀고,
하고 싶은 것 마음껏 해도 된다고 생각했으니까요.

그런데 어른이 되고 나니까
책임져야 할 일도 많고, 걱정할 일도 많고
잠 못 이루는 밤도 많아졌습니다.

일을 해도 스트레스 받고
사람을 만나도 스트레스 받고
답 없는 미래로 앞날은 캄캄하죠.

술을 마셔도 고민은 떠나지 않고
사랑을 해도 쓸쓸하기만 하고
세상에 혼자 던져진 것처럼 막막하기만 하죠.

이 걱정, 저 걱정에 한숨만 늘어가고
밤을 지새우는 날이 갈수록 많아집니다.

부모님 밑에서 뛰어놀 때가 좋았다는 생각,
그때가 참 좋았다는 걸 어른이 되고 알았습니다.

때 묻지 않아서 좋았고
천진난만해서 좋았던 어린 시절,
돌아가고 싶어도 돌아갈 수 없는 그 시절,
오늘밤은 유난히 유년 시절이 그립습니다.

청춘의 무게

세상에서 가장 값진 것도 젊음이고
세상에서 가장 가치 없는 것도 젊음입니다.
내가 젊음을 어떻게 사용하느냐에 따라
백만장자가 될 수 있고 가난뱅이가 될 수 있어요.

돈은 사용할수록 지갑이 가벼워져 가난해지지만
젊음은 사용할수록 가치가 올라가죠.
돈은 사용하지 않고 가만히 두면 저축이 되지만
젊음은 그냥 두면 게을러져서 아무 쓸모가 없습니다.

돈을 쓰면
열심히 일해서 다시 벌면 되지만
젊음은 한 번 소비하면
다시 벌어들일 수 없는 소모품 같은 겁니다.

원석을 가공하지 않으면
눈부신 보석이 될 수 없듯이
젊음도 흔들어 깨우지 않으면
영원히 세상에 눈을 뜨지 못하는 사람이 됩니다.

돈은 절약하면
차곡차곡 쌓여 미래를 대비할 수 있지만
젊음은 아끼면 미래로 나아갈 수 없습니다.

영원히 젊음을 유지할 것 같죠?
세월이 젊음을 그냥 두지 않습니다.

베푸는 마음

베풀 수 있을 때 베풀고
도울 수 있을 때 많이 도우세요.

내가 그럴 수 있는 환경에서
살아가고 있다는 것만으로도
얼마나 기쁘고 행복한 일인가요!

그것이 물질적이든 정신적이든
도움을 받는 사람보다
도움을 주는 사람이 더 행복합니다.

남의 도움을 받지 않고 사는 것도 행복한데
남에게 도움을 줄 수 있는 입장이라면
얼마나 큰 기쁨인가요!

도와줄 수 있을 때
베풀 수 있을 때
아낌없이 베푸세요.

그렇게 누리는 기쁨은
세상 어디에도 없습니다.

행복한 웃음

지금 이 순간 웃으면 하루가 즐겁고
하루가 즐거우면 일 년 내내 행복합니다.
일 년을 웃으면 평생이 즐겁고
평생 동안 웃으면 인생은 꽃밭이 됩니다.

웃으면서 살아도 아까운 세월,
아플 때 웃으면 좋은 약이 되고
슬플 때 웃으면 웃을 일이 생깁니다.
힘들 때 웃으면 생각에 근육이 생기고
화날 때 웃으면 사랑의 싹이 틉니다.

웃으면서 살아도 짧은 인생,
얼굴로 웃으면 상대를 기분 좋게 하고
가슴으로 웃으면 마음이 행복해집니다.

웃으면서 말을 하면 좋은 기운이 가득해지고
웃으면서 행동하면 나쁜 기운도 도망갑니다.

열심히, 최선을 다해서, 부지런히 사세요.
도전적으로, 끊임없이 꿈꾸면서, 뜨겁게 사세요.

먼 훗날 나를 뒤돌아보았을 때
정말 잘 살았다고 말할 수 있도록
후회 없이, 보람되게 살았다고
당당하게 말할 수 있도록
열정적으로 도전하면서 사세요.

잘 살았다는 건
돈을 많이 벌었다는 것이 아니고
높은 지위에 올라 사람들의 부러움을 사면서
살았다는 것이 아닙니다.

꽃이 핀다
-Yeol-

시들지 않는 꿈을 뜨겁게 가꾸면서
열심히, 도전하면서 살았다는 겁니다.
하루를 살아도 즐기면서
단 한순간을 살아도
가슴 설레면서 기쁘게 살았다는 겁니다.

누가 뭐라고 해도
나다운 모습을 잃지 말고 살아야 합니다.
그 누가 뭐라고 해도
기죽지 말고 꿈을 안고 살아야 합니다.

인생은 두 번 오지 않고, 두 번 살 수도 없습니다.
단 한 번밖에 없는 인생, 대충 살 수는 없잖아요.

반의 반

슬픔은 나누면 반이 되고
기쁨은 나누면 배가 된다고 했습니다.

울고 싶을 땐
사랑하는 사람의 어깨에 기대어 우세요.
마음이 젖도록 크게 울어도 좋습니다.

당신이 눈물을 흘릴 때
기꺼이 어깨를 내주는 사람이 있는 것만으로
슬픔은 절반으로 줄어듭니다.
당신의 울음을 가만히 들어주는 사람이 있는 것만으로
그 슬픔은 또 절반으로 줄어듭니다.

웃고 싶을 땐
사랑하는 사람의 눈을 바라보고 웃으세요.
마음이 영롱해지도록 환하게 웃으세요.
당신의 웃음소리를 들어줄 사람이 있는 것만으로
기쁨은 두 배가 됩니다.
당신의 웃음소리에 같이 웃어주는 사람이 있는 것만으로
그 기쁨은 또 두 배가 됩니다.

기쁠 때나 슬플 때
함께할 수 있는 사람이 있다는 건
눈부시게 행복한 일입니다.

아름다운 풍경

건강함에
감사하며 사세요.

세상에는
얼마나 많은 사람이 고통 속에서 살고
얼마나 많은 마음이 슬픔 속에서 살아가는지 모릅니다.

마음이 건강하고 몸이 온전하다면
그 누구도 부러워하지 말고 감사하며 사세요.

세상에는
얼마나 많은 사연이 시련 속에서 살고
얼마나 많은 눈빛이 상처 속에서
눈물 흘리는지 모릅니다.

생각이 밝고, 마음이 건전하다면
욕심부리지 말고 만족하며 사세요.
아침에 출근하고, 저녁에 퇴근하는
지극히 평범한 모습은
정말 아름다운 풍경이지 않은가요!

감사하는 마음을 가지면
계속 감사할 일만 생깁니다.
지금 당신의 모습에 감사하고
앞으로의 모습에 감사하며 살아가세요.

말의 지배

마음먹은 게 있으면 주변에 말하고 다니세요.
마음속에 담아두지 말고 밖으로 내보내세요.

담배를 끊겠다고 각오했으면
가족들에게, 친구들에게, 직장 동료들에게
담배를 끊겠다고 공표하세요.

일단 말을 내뱉고 나면 행동이 달라지거든요.
사람에게는 말에 대한 책임감이 있으니까요.
말이 입 안에 있을 때는 내가 말을 지배하지만
말이 입 밖으로 나가면
말이 나를 지배하게 됩니다.

주변에 성공한 사람들을 보세요.
긍정적인 말을 하고, 늘 확신에 차 있습니다.
낙관적인 말을 하고, 자신감이 가득 차 있습니다.
성공했기 때문에 긍정적인 게 아니라
평소에 긍정적인 말로 자신을 가꿨기 때문에
성공한 겁니다.

"나는 할 수 있다"
"하면 된다"
"모든 게 잘될 것이다"
오늘부터 주문을 외워보세요.

말하는 대로 이루어집니다.
말이 씨가 된다는 말,
그냥 생겨난 말이 아니니까요.

글은 생각보다 강하고
말은 글보다 더 강합니다.

생각은 잊으면 그만이고
글은 지우면 그뿐이지만,
한 번 뱉은 말은 주워 담을 수 없습니다.

작은 바람

어디서 어떻게 살든 아프지 말고
어디서 무엇을 하든 행복한 사람이 되세요.

언제 어디서나 웃을 수 있고
누가 뭐라고 해도 감정에 솔직한 사람이 되세요.

언제 어디서나 순간을 추억할 수 있고
누가 뭐라고 해도 자기 자신을 사랑하는 사람이 되세요.

당신이 언제나 크고 환한 웃음에 젖어 살면 좋겠고
세상에서 가장 행복한 사람으로 살면 좋겠습니다.

어디서 어떻게 살든 울지 말고
어디서 무엇을 하든
좋은 일만 가득하길 바랍니다.

긍정적인 사람

매사에 부정적이고 불만투성이인 사람은
자기 자신을 갉아먹고 힘들게 만듭니다.

햇볕 속을 걷다가 나무 그늘로 들어가 쉴 때
"아! 더워 미치겠어"라고 말하는 사람과
"아! 역시 그늘이 최고야"라고 말하는 사람이 있습니다.

그들의 차이를 생각해보세요.
누가 더 폭염을 극복하기 쉬울까요?

부정적인 사람은
여름 내내 인상을 찌푸리며
무더위 속에서 괴로울 것이고
긍정적인 사람은 웃고 즐기면서
여름을 시원하게 보낼 것입니다.

똑같은 상황에서도 사람에 따라
세상에 대한 인식은 하늘과 땅 차이입니다.

콩 심은 데 콩 나고 팥 심은 데 팥 납니다.
긍정적인 생각, 밝고 유쾌한 말을 마음에 뿌려야
삶이 즐겁고 행복해집니다.

쓴 게 약

입에 넣어서 쓴 것은 약이 되지만
달콤한 것은 몸에 병을 불러옵니다.
누군가 당신에게 쓴소리하면
싫어하지 말고, 외면하지 말아요.

듣는 순간은 기분 나쁠 수 있겠지만
당신을 한 번쯤 되돌아보는 기회로 삼으세요.
원래 독이 되는 말은 달콤하고
약이 되는 말은 쓰디쓴 법입니다.

쓰다고 뱉지 말고 달콤하다고 덜컥 삼키지 말아요.
지금 당장은 달콤한 것이 좋겠지만
결국은 몸을 해치고
삶을 병들게 할 테니까요.

누군가 당신에게 조언해주고
고쳐야 할 점을 말해주면
고맙다고 말하며 활짝 웃어주세요.

곁에 쓴소리하는 사람이 꼭 있어야만
내 인생이 더 빛이 납니다.

타오르는 불꽃

기회를 기다리지 마세요.
기회는 오는 것이 아니라
쟁취하는 것입니다.

당신이 가진 열정과 지식과
간절함을 총동원하여 찾아내는 것입니다.
목마른 사람이 땅을 파서 우물을 만들듯이
간절한 꿈을 가진 사람이 기회를 얻어내는 것입니다.

어리석은 사람은
오지 않을 기회를 평생 기다리지만
현명한 사람은
끊임없이 노력해 기회를 포착합니다.

기회를 기다린다는 것은
어리석거나, 꿈이 간절하지 않거나
미래를 기대하지 않는다는 겁니다.

작은 바람에도 꺼져버리는 촛불이 되지 말고
거센 바람 앞에서 거침없이 타오르는
불꽃이 되세요.

마음에 힘 빼기

종이 여러 장을 포개놓고 칼로 잘라보세요.
빨리 자르겠다는 욕심으로 팔에 힘을 주면
종이가 삐뚤삐뚤 잘리기도 하고
손에 상처가 날 수도 있습니다.

뭐든 무리하게 하지 마세요.
무리하게 힘을 주면
아무리 얇은 종이라도 칼에 반항할 수 있고
종이의 반항에 못 이긴 칼은 손가락을 다치게 하니까요.

사람의 마음도 똑같습니다.
마음에 너무 힘주지 말아요.
힘든 일이 생길수록
호수 위의 달빛처럼
마음을 느긋하게 가지세요.

마음에 힘을 빼야

틈이 생겨 숨 쉬는 데 도움이 됩니다.

마음에 힘을 잔뜩 주면

마음을 감싸고 있는 것들이 굳어져

당신이 숨 쉬기도 버거워집니다.

종이를 포개놓고 한꺼번에 자를 때는

팔에 힘을 빼고 천천히 해보세요.

칼선을 따라 종이가 예쁘게 잘릴 겁니다.

희망이 그리운 시대

사회생활을 하면서
정말 힘들고 어려울 때
마음을 터놓고 이야기할 사람이 있다면
인생을 잘 살고 있다고 말해도 됩니다.

세상이 갈수록 각박해지고
사람들이 이기적으로 변해가는 요즘,
마음을 꺼내놓고 이야기할 상대를 찾기가
쉽지 않으니까요.

서로 배려하고 이해하면 좋을 텐데
조금이라도 피해를 보면
친구조차 냉정하게 돌아서는 시대,
우리는 그 시대에 몸을 담고
외롭게 자기 자신과 사투를 벌이고 있습니다.

사람에게서 상처 받은 것은
사람에게서 치유받아야 한다지만
또 다시 사람에게 상처 받을까 봐
쉽게 다가서지도, 나를 내보이지도 못합니다.

나를 철저히 숨기고
내가 스스로 만든 틀 안에서
홀로 살아가는 시대,
사회는 참으로 냉정하고 무섭습니다.
가까이 지내는 사람일수록
더 경계하는 시대가 되었으니까요.

슬프고, 우울하고, 뼈아픈 현실이지만
그래도 어딘가에 마음이 예쁜 사람이 있고,
사랑스런 사람이 있기에
세상은 아름답게 유지되나 봅니다.

나다운 나

울고 싶을 때 울고
웃고 싶을 때 웃는 아이처럼 살아요.

감정과 마음을 숨기지 않고
나 자신에게 진실되게 살아요.
감정에 충실하고 솔직해질 때
나는 비로소 행복한 사람이 될 수 있으니까요.

나답게 산다는 것,
누구 앞에서도 나답게 행동한다는 것,
얼마나 아름다운 삶의 풍경인가요.

사랑하는 사람 앞에서
마음을, 감정을 꽁꽁 숨겨두고
진정한 사랑을 꿈꿀 수는 없습니다.

내가 당당하게
나답게 말할 수 있는 사람을 만나야
진실한 사랑도 꽃핍니다.

감정에 충실할 때
마음에 솔직할 때
우리는 예쁜 사람이 되고
아름다운 사랑을 할 수 있습니다.

아이처럼 울고 싶을 때 울고
웃고 싶을 때 그냥 웃으세요.
그게 진정한 사랑이고
좋은 삶을 사는 길입니다.

괜찮아, 걱정 마

괜찮아요.
걱정 말아요.
다 잘될 겁니다.

더는 나빠질 것도
추락할 밑바닥도 없어요.
용기를 내어 일어서보세요.

마음을 편안하게 먹어요.
이제 더는 내려갈 곳도,
밑바닥도 없는데 뭐가 걱정인가요!

더 높이 오르기 위해서는
바닥을 짚어야 하니까
신이 나에게 바닥을 일러주기 위해서
여기까지 데리고 왔다고 생각하세요.

영에서 시작

스프링도 탄력을 받으려면
몸을 아래로 낮추지 않던가요.
바닥까지 내려온 것은
반동을 이용할 기회가 왔다는 겁니다.

힘내서,
스프링처럼 튀어오르세요.
높은 곳에 서 있으면
내려올 일밖에 없지만
낮은 곳에서는
오를 일밖에 없잖아요.

바닥을 차고 올라와야
희망이 시작됩니다.

아침에 잠에서 깨면
눈 뜨기 전에 다짐하세요.
오늘도 깨어나게 해줘서 감사하다고,
오늘 하루도 행복하게 보내겠다고 약속하세요.

좋은 생각으로 하루를 여는 일이 왜 중요한가는
오늘을 살아보면 여실히 알게 됩니다.

다음은 없어요

다음으로 미루지 마세요.
하고 싶은 게 있으면 지금 바로 하세요.

애인과 여행을 가고 싶으면
나중에 시간 날 때 가겠다고 미루지 말고
시간을 쪼개서라도 지금 당장 떠나세요.

먹고 싶은 게 있으면 사 먹으세요.
먹고 싶은 게 있다는 건 건강하다는 증거입니다.
나이 들어 몸이 안 좋아지면
먹고 싶어도 먹을 수 없어요.

자신에게 인색하게 굴지 말고
마음이 시키는 대로 하세요.
후회하지 않도록 당신을 위해
시간과 돈을 허락하세요.

입고 싶은 옷이 있으면 사 입으세요.
여유가 생기면 그때 사 입겠다고 하지 말고
오늘, 바로 사 입으세요.
다음을 기약하다가는 영원히 못 사 입어요.

젊음은 기다려주지 않거든요.
하고 싶은 것, 입고 싶은 것,
먹고 싶은 것 있으면
아끼지 말고 모두 다 하세요.

지금 이 순간이 행복해야 합니다.
행복을 미루는 습관을 버리세요.
내일 당신이 어떻게 될지, 아무도 모르잖아요.

최고의 삶

삶을 어렵게 생각하지 말아요.
남을 의식하지 말고 나답게 살면 됩니다.
남에게 피해 주지 않는다면
아무도 당신을 손가락질할 수 없어요.

풀잎처럼 소소한 꿈이라도
스스로 꽃피울 수 있다면,
작은 그릇에 담기더라도
그릇과 조화로울 수 있다면
충분히 가치 있고 아름다운 겁니다.

사치를 부려야
행복이라 말하는 사람도 있지만
풀꽃의 향기에 고요히 살아도
충분히 행복한 사람이 많아요.

내 마음이 좋아하고 웃고 있다면
풀잎 위의 이슬 같은 잔잔한 인생인들 어떤가요.
인생을 너무 어렵게, 힘들게, 복잡하게 생각하지 말아요.
최고의 삶, 최고의 행복은 바로 마음 안에 있습니다.

좋은 직장에 다닌다고
높은 지위에 있다고 행복한 건 아닙니다.
성격이 운명을 결정짓듯이
행복은 마음이 결정합니다.

값비싼 옷도 몸에 맞지 않으면
불편하고 거추장스러울 뿐입니다.
몸에 꼭 맞는 옷을 입고 외출할 때
하루를 멋지게 보낼 수 있잖아요.

우리 몸이 꽃밭이라면
마음은 몸을 가꾸는 꽃밭의 주인입니다.
주인이 얼마나 따뜻한 손길로
꽃밭을 가꾸느냐에 따라
꽃의 색깔과 향기가 달라집니다.

이 낯선 마음이 사랑일까

2017년 11월 15일 초판 1쇄 | 2017년 11월 21일 4쇄 발행
글 · 이근대 | 사진 · 쥬커맨

펴낸이 · 김상현, 최세현
편집인 · 정법안
책임편집 · 손현미, 김유경 | 디자인 · 임동렬

마케팅 · 권금숙, 김명래, 양봉호, 임지윤, 최의범, 조히라
경영지원 · 김현우, 강신우 | 해외기획 · 우정민
펴낸곳 · 마음서재 | 출판신고 · 2006년 9월 25일 제406-2006-000210호
주소 · 경기도 파주시 회동길 174 파주출판도시
전화 · 031-960-4800 | 팩스 · 031-960-4806 | 이메일 · info@smpk.kr

ISBN 978-89-6570-538-3 (03810)

• 이 책의 국립중앙도서관 출판시도서목록은 서지정보유통지원시스템 홈페이지(http://seoji.nl.go.kr)와 국가자료공동목록시스템(http://www.nl.go.kr/kolisnet)에서 이용하실 수 있습니다.
(CIP제어번호:CIP2017027294)
• 잘못된 책은 구입하신 서점에서 바꿔드립니다. • 책값은 뒤표지에 있습니다.
• 마음서재는 ㈜쌤앤파커스의 종교·문학 브랜드입니다.